KB154743

Korea Godfather

코리아갓파더

BBULMEDIA FANTASY STORY

Korea Godfather

코리아 갓파더

③

정사부 현대 판타지 소설

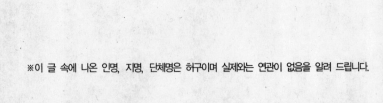

contents

자신의 숙소로 올라온 성환은 조금 전 세창이 한 이야기를 곰곰이 생각을 해 보았다.

솔직히 세창의 제안이 무척이나 솔깃했다.

성환도 정말이지…… 원수인 김병두나 이세건의 배후는 생각하지 못했다.

전략과 전술을 세울 때 가장 중요한 것이 상대에 대한 정확한 정보 분석.

그런데 그런 아주 중요한 것을 복수심에 휩싸여 그동안 자신이 놓치고 있었다는 사실은, 세창의 말을 듣고 깨닫는 순간 자신의 뒷목이 서늘하게 만들었다.

사실 자신의 능력을 사용해 그들을 암살하려고 한다면

그건 일도 아니다.

하지만 자신에게 위협이 된다고 해서 무턱대고 사람을 죽인다면 그건 단순한 살인자, 아니, 성환 자신도 그들과 다름없는 짐승이 되는 길일 터.

사람에게는 명분이라는 것이 무척이나 중요하다.

성환이 백두산에게 얻은 기연으로 인간이 상상하는 범주를 벗어난 인외(人外)의 존재가 되었다.

물론 사람이 아니란 것이 아닌, 능력 자체가 보통 사람이라고 믿기 힘들 정도의 범위를 벗어났다는 말이다.

그런 성환이기에 자신이 힘에 취해 무분별하게 살인을 하면 어떻게 될 것이란 사실 누구보다 잘 알기에 모든 일은 일부러 자신이 움직일 명분을 만들어 무력을 사용했다.

만약 그러지 않았다면 자신은 그 어떤 범죄자보다, 아니, 인류 최악의 존재가 되었을 것이다.

이것은 성환이 백두산에서 얻은 기연을 100% 자신의 것으로 완성하기 전까지 끊임없이 노력을 해야 할 문제.

그렇기 때문에 성환은 그동안 복수를 하면서도 억지로 자신의 마음을 다잡아 직접적으로 누나와 수진의 사건과 연관이 있는 자들에 관해서만 과감하게 손을 써 왔다.

그런데 이러한 것들은 한 다리 건너 김병두의 아버지인 김한수 의원이나, 이세건의 장인인 대양 그룹의 박춘삼 회장의 존재를 생각하지 못하게 했다.

분명 김병두와 이세건에게 문제가 생기면 그 두 사람이 움직일 것이 빤한데, 성환은 그것을 간과한 것이다.

'내가 왜 그들을 잊고 있었지? 내 실책이다.'

성환은 김한수와 박춘삼을 생각하자 자신이 실수를 깨달았다.

차라리 최초에 손을 쓸 때, 그냥 과감하게 손을 썼어야 했다.

김혁수와 다른 이들에게 손을 쓸 때, 그냥 최만수나 이진원과 같이 아무도 모르게 죽였다면 이렇게 고민을 하지 않았을 것이다.

그런데 괜히 그들에게 자신의 잘못을 반성하며 살아가라는 의미에서 그렇게 만들어 놓은 것이 지금에 와서야 후회가 되었다.

그나마 다행인 것은 아직까지는 의심에 머물러 있을 뿐, 자신이 그들을 확신은 하지 못할 것이다.

하나 김한수 의원이나 박춘삼 회장 정도의 거물이라면 분명 군에 대해 영향력을 행사해 자신을 조사할 수 있을 터.

하지만 그건 오히려 자신을 용의 선상에서 벗어나게 해줄 것이다.

아직까지 군에서 자신의 능력을 다 파악하고 있지 않기 때문에 오히려 그게 도움이 될 것이 분명했다.

그렇다고 안심을 하고 있을 수만도 없었다.

어쩌면 어렴풋한 생각에 어떤 행동을 취할 수도 있는 문제였다.

김혁수를 그렇게 만든 범인이나 원인에 관해서 알지 못하니, 못 먹는 감 찔러 본다는 식으로 막무가내 자신을 도발할 수도 있고, 아니면 수진을 향해 수작을 부릴 수도 있으리라.

성환은 이렇게 꼬리에 꼬리를 물고 이어지는 생각에 잠을 잘 수가 없었다.

처음에는 세창의 제안에 관한 생각에서, 나중에는 세창이 말한 배우들에 관한 걱정, 그리고 마지막으로는 자신이 지켜야 할 수진에 관한 생각으로 잠들 수가 없었다.

◈　　　◈　　　◈

"그게 무슨 말이냐?"

"아버지, 아무래도 혁수가 저리된 것이 그때 재판에 나왔던 계집의 외삼촌이란 자의 짓 같습니다."

"그게 사실이냐?"

김한수는 오랜 만에 집 거실에 앉아 신문을 보고 있었다.

그런데 아들인 김병두가 집으로 들어오며 심각한 얼굴로

말하자, 신경질적으로 신문을 접었다.

"확신은 못하지만…… 아마 맞을 것입니다."

"그건 또 무슨 소리야, 자세히 말을 해 봐!"

김한수는 애매모호하게 말을 돌리는 아들이 너무도 답답했다.

아무리 자신의 아들이라도 이제 초선에 당선된 의원. 그래서인지 명확한 말 보다는 이런 모호한 말을 즐겨 사용했다.

이는 자신도 그렇지만, 여당과 야당 가릴 것 없이 모든 정치인들이 이런 어법을 사용한다.

그럼으로써 일이 잘못되었을 때, 슬그머니 발을 뺄 수 있기 때문이다.

김병두는 아버지의 다그침에 얼른 자신이 생각하고 있는 것을 말했다.

"그동안 주변에서 일어난 일들을 종합해 보면 이상한 일이 한두 가지가 아닙니다. 그중에 가장 큰 문제가 혁수고…… 그다음이 그동안 저희의 일을 처리해 주던 만수파 두목의 사망입니다."

"그런데?"

김한수는 아들의 이야기를 듣다 별거 아니란 투로 말을 받았다.

"그런데 오늘 그동안 그자를 조사하던 강남의 이진원 사장이 죽었습니다."

"이진원이 죽었다? 누구에게?"

"사실은……."

김병두는 자신과 이세건 사장 그리고 죽은 이진원이 모의했던 일들을 김한수에게 이야기했다.

그런데 오늘 이진원이 자신의 사무실에서 누군가의 침입을 받아 죽었다는 것이다.

"그게 사실이냐?"

"예, 이진원과 통화하는 중에 누군가 그의 사무실에 침입하는 소리를 들었습니다."

"음……."

김한수는 아들의 이야기를 듣고 심각하게 고민을 하였다.

그것은 비록 자신과 직접적으로 연관은 없지만, 자신이 속한 한국당의 일을 봐주던 자였다.

막말로 만일 이진원이 당의 일을 봐주는 자가 아니었다면, 진즉에 강남에서 밀려났을 터.

또한 한국당 내에서도 자신과 비슷한 세력을 가진 계파의 의원이 봐주는 곳이라 그동안 지켜보고만 있었다.

배경도 있고 또 실력도 나쁘지 않은 이진원이 사망 소식은 김한수를 깜짝 놀라게 했다.

솔직히 김한수는 자신이 거느린 최만수 보다는 이진원을

자신의 밑으로 끌어들이고 싶었다.

하지만 이진원은 당내 경쟁자인 김홍길 의원이 밑에 있는 자.

그렇기에 김한수는 어쩔 수 없이 김홍길 의원과 타협을 해 강남의 일부인 압구정과 청담을 최만수에게 넘기는 대신 김홍길 의원이 발의한 안건을 지지하는 성명을 했었다.

물론 최만수도 능력이 있긴 했지만, 너무 머리를 굴리는 타입이라 김한수도 최만수보다 일처리가 과감한 이진원을 더 쳐 주었다.

그런데 그런 이진원이 누군가에게 살해당했다?

아들의 말에 김한수는 심각해졌다.

비록 자신과 경쟁하는 사이긴 하지만, 어떻게 보면 같은 당에 소속된 김홍길 의원의 수족이나 마찬가지인 이진원.

그가 죽었다는 것은 자신이 속한 당의 일을 처리해 줄 손발이 둘이나 사라졌다는 말과 같았다.

이 말은 앞으로 더러운 일을 해 줄 사람이 부족하다는 말과 일맥상통하다고 봐도 무방했다.

정치란 결코 겉으로 보이는 것만이 전부가 아니다.

때로는 장외에서 수족들끼리 세력 싸움을 벌일 때도 있다.

이런 싸움에서 상대를 밀어내면 자신들의 입김이 세지는 것이고, 반대인 경우는 힘이 줄어드는 것이다.

더욱이 이런 싸움에서 종종 자신들과 같은 정치인들의 약점이 상대에게 넘어가는 경우가 발생한다.

그렇기 때문에 이들은 정치인 자신들에게는 필요악인 셈이다.

명분을 가지게 되면 큰 힘이 되지만 칼자루가 상대방이 쥐고 있을 땐, 비수가 되어 자신을 향하게 되는 것.

이런 생각에 인상을 찌푸리고 있는 김한수를 보는 김병두는 긴장을 했다.

이는 김한수가 뭔가 생각을 정리할 때 보이는 습관이기도 했기에 감히 생각을 방해할 수가 없었다.

한참을 고민하던 김한수는 아들을 보며 말을 하였다.

"넌 그 일에서 일단 손을 떼라."

"아버지!"

김병두가 자신의 아버지에게 이 말을 한 것은 도와달라는 말을 하기 위해서였는데, 갑자기 자신의 의도와는 이야기가 다르게 진행되자 소리쳤다.

분명 전에는 혁수와 관련된 일을 깨끗하게 마무리하라고 말하지 않았는가.

그런데 지금에 와서는 그 일에서 손을 떼라니…… 참을 수 없었다.

"어허! 내가 알아서 할 것이니 넌 가만히 아비가 하는 것을 지켜보기나 해."

김한수가 이렇게 김병두에게 말하는 것은 현재 그가 접한 군의 움직임이 심상치 않았기 때문이다.

비록 예전과 다르게 군의 지위가 많이 내려갔다고 하나, 그래도 괜히 그들과 척을 져 좋을 것은 없다.

더욱이 말을 들어 보니 문제가 생긴 군인이 일반 장교도 아니고 특수부대 교관이라는 것을 보면 군에서도 아주 중요한 인물 같았다.

그래서 김한수는 그 정성환이란 군인을 직접 알아보려는 생각에서 아들에게 일단 추진하던 일을 중단하라고 말한 것이다.

막말로 손을 써서 손자인 김혁수를 군대를 면제시켰는데, 군에서 어깃장을 놓아 재검을 하게 된다면 어찌 될지 모르기 때문이다.

대한민국 군대가 많이 개선이 되었다지만, 비리는 어느 곳에나 있는 것.

또 꼬투리를 잡으려고 맘먹는다면 방법이 없지 않은가?

그러니 소, 닭 보듯 지금처럼만 지내면 되는 것이다.

김한수가 생각하기에 지금과 같은 정도의 군의 위치가 자신과 같은 정치인에게 입맛에 딱이기 때문이다.

하지만 김병두의 생각은 다른 듯 자신의 행동을 막는 김한수의 처사가 불만이었다.

'아니, 아버지가 뭐 때문에 몸을 저리 사리시지?'

신중한 김한수의 행동은 김병두에게 몸을 사리는 것으로 보였다.

일부에서는 킹메이커라 불리며 정치권의 숨은 실력자라 평가하는 자신의 아버지가 이렇게까지 하는 것이 못내 이해가 가지 않았다.

"그만 올라가 봐라."

"예……."

아버지의 처사가 불만이지만 이미 작정하고 지시를 한 일.

김병두라 해도 감히 그 말을 거역하지 못하고 참을 수밖에 없었다.

김한수의 축객령에 두말하지 않고 2층으로 올라갔다.

아들 김병두가 위층으로 올라가자 김한수는 얼른 어디론가 전화를 걸었다.

"어이쿠, 이 의원! 요즘 어떻게 지내나?"

전화를 받은 것은 한국당의 의원 중 한 명.

그는 예전 군 장성이다, 예편을 하고 당에 들어온 사람이었다.

"내 물어볼 말이 있어 그런데…… 혹시 시간 좀 나나?"

김한수는 말을 빙빙 돌리지 않고 직접적으로 이야기했다.

그리고 상대가 승낙을 하자 바로 자리에 일어나 안방으

로 들어갔다.

"나 좀 나갔다 올 것이니 그리 알아."

"저녁은 어떻게……?"

"아, 약속이 있어서 해결하고 올 거야"

김한수는 외출을 준비하며 자신의 부인에게 그렇게 소리쳤다.

부인의 질문에 김한수는 간단한 말만 하고는 밖으로 나갔다.

이 때문에 준비된 저녁 식사는 식탁에서 식어 갔다.

◈　　◈　　◈

"내가 너무 늦은 시간에 실례를 한 것은 아닌지 모르겠소."

김한수는 마음에도 없는 소리를 하며 한 사내를 반겼다.

방에서 기다리고 있던 사내는 김한수가 방으로 들어오며 하는 소리에 미소를 지으며 받았다.

"의원님이 부르시며 얼른 나와야죠."

"그렇게 생각해 주니 고맙소. 자, 앉읍시다."

김한수는 얼른 이야기를 하고 싶은 마음에 자리에 앉기를 권했다.

"예."

두 사람은 그렇게 자리에 앉아 들어오는 술상을 보며 잠시 이야기를 멈추었다가 술이 한 순배 돌고 나서 이야기를 시작했다.

"그런데 어쩐 일로 이 늦은 시각에 절 보자고 하신 것입니까?"

"아! 내가 궁금한 것이 있어 이 의원을 보자고 한 것이오."

"궁금한 것이오?"

"일단 한잔 더 합시다."

그가 잔을 올리자 이 의원은 어리둥절한 표정으로 술을 비웠다.

그 모습을 보고서야 김한수는 조용히 이야기를 꺼냈다.

"내, 이 의원이 오래전 군을 나온 것을 알지만…… 그래도 장성 출신이니 어느 정도 알 것 같아 이렇게 자리를 마련한 것이오."

"예, 제가 알고 있는 것이라면 뭘 말하지 못하겠습니까?"

김한수는 이상덕 의원이 그리 말을 하자 자신이 궁금해하던 것을 물었다.

"이 의원, 궁금해서 그러는데 군에서 취급하는 물건 중에 혹시 사람의 신경을 자극해 고통을 주는 물건이 있소?"

김한수는 자신의 손자인 김혁수가 앓고 있는 원인 불명

의 병에 관해 자신의 아들이 의심하고 있는 부분을 돌려 말했다.

하지만 질문을 받은 이상덕 의원은 눈을 동그랗게 뜨며 오히려 되물었다.

"아니, 그런 물건이 있습니까?"

"이 의원은 전혀 모르는 것이오?"

"예, 제가 있을 당시에는 그런 물건이 없었습니다. 그리고 지금이라도 마찬가지일 것입니다."

"그거 왜 그렇소?"

김한수는 이상덕 의원이 자신이 예편할 때나 시간이 지난 지금도 군에서는 그런 물건을 지니지 않았을 것이라 단정을 하듯 말했다.

그리고 그런 이상덕 의원의 단정에 김한수는 궁금해 물었다.

그런 김한수 의원의 말에 이상덕은 답변을 해 주었다.

"군이 그런 물건을 보유할 필요가 없기 때문입니다. 군은 적을 제압, 섬멸하는 것을 목표로 하는 집단이지, 고문하고 정보를 취득하는 집단이 아닙니다."

이상덕은 군대에 관한 역할에 대하여 설명을 해 주며 그 이유를 설명했다.

"그게 확실한 것이오?"

"그렇습니다."

"그럼 혹시라도 정성환 대령이라고 알고 있소?"

"정성환 대령이오?"

"그렇소."

이상덕은 한참을 생각하다 생각이 나지 않아 고개를 저었다.

그도 그럴 것이 이상덕이 군을 예편하고 한국당에 입당한 것이 10년 전 일.

"잘 모르겠습니다. 제가 예편하 지도 벌서 10년 전이라……."

"아! 하하하, 이거 이 의원이 하도 젊다 보니 내가 착각을 했나 보구려."

김한수는 이상덕이 오래전 군을 나왔다는 것을 이제야 생각을 했다는 듯 너스레를 떨었다.

"그럼…… 혹시 그에 관해 잘 아는 사람이 있을까?"

김한수는 혹시나 싶어 물었다.

아무리 예편을 했다고 해도 이상덕이 군에 대한 인맥이 끊긴 것은 아니란 것을 알기 때문이다.

이상덕은 오늘 김한수 의원이 뭔가 이상하다는 생각이 들었다.

있지도 않은 이상한 물건에 대해 묻지를 않나, 현역 군인에 관해 물어보질 않나……

너무도 이상했다.

막말로 현역 군인을 국회의원인 김한수가 신경 쓸 일이 뭐가 있단 말인가?

한참을 생각하던 이상덕은 갑자기 머릿속을 번쩍이는 생각이 스치고 지나갔다.

'뭔가 있다. 얼핏 듣기로는 김한수 의원의 손자가 사고 쳤을 때, 피해자 가족 중 누군가 현역 군 장교가 있었다고 했는데?'

이상덕은 몇 달 전 뉴스를 통해 들은 내용이 생각났다.

그리고 지금 물어 오는 정성환이란 대령이 사건과 연관이 있다는 것을 금방 알 수 있었다.

"음, 알아봐 드릴까요?"

이상덕은 이번 일만 잘하면 당 내 상당한 영향력이 있는 김한수 의원 계파로 들어갈 수도 있다는 생각에 얼른 행동을 했다.

"알아봐 줄 수 있나?"

"제가 군을 나온 지 좀 오래되긴 했지만, 그래도 알아보려면 못할 것이 뭐가 있겠습니까?"

"그래 줄 수 있나?"

김한수는 이상덕의 대답에 만족했다.

"오늘은 시간이 늦었으니 내일 점심때까지 알아봐 드리겠습니다."

이상덕은 사실 지금 당장이라도 육군본부에 있는 후배에

게 연락만 하면 알 수 있는 일이지만, 핑계를 대며 말을
하였다.

이는 궁금해 하는 김한수 의원을 조금 애를 태우며 자신
의 가치를 높이려는 수작이었다.

물론 오랜 정치권에서 생활한 김한수가 이상덕의 수작을
눈치채지 못할 리 없었다.

하지만 그런 표현을 하지 않는 것은 그만큼 김한수가 사
람을 다루는 것에 능숙하기 때문이다.

때로는 알면서도 넘어가야 할 때가 있는데, 바로 지금이
그때였다.

어차피 내일이면 자신의 앞에 아들인 김병두가 그렇게
애달아 하는 정성환이란 자에 관해 낱낱이 알 수 있을 것
이니 서두를 필요는 없었다.

'내일이면 그자에 관해 알게 되겠지.'

김한수는 이상덕의 이야기를 들으며 술잔을 기울였다.

◈   ◈   ◈

"이리 오게."

아침 일찍 성환은 일과에 들어가기 전 갑자기 자신을 호
출한 정보사령부 사령관인 정찬성 장군을 만나러 갔다.

비록 그가 성환의 직속상관은 아니지만 파견 부대인 이

곳 정보사령부의 사령관이기에 그를 만나는 것이다.

"부르셨습니까?"

"그래, 아직도 생각에는 변함이 없나?"

정찬성 장군은 혹시나 하는 마음에 물었다.

하지만 성환은 이미 마음이 확고한 상태이기에 정찬성의 말에도 단호하게 대답을 했다.

"변함없습니다. 하루라도 빨리 상부의 허가가 떨어지길 기다립니다."

"음."

성환의 단호한 대답에 정찬성 장군은 신음성을 내뱉었다.

너무도 단호한 성환의 태도에 잠시 할 말을 잃은 정찬성은 잠시 뜸을 들이다 말을 꺼냈다.

이는 이미 육군본부에서 떨어진 명령이기에 자신은 그저 전달만 하면 되는 일이었다.

하지만 자신의 부대 내에 특수부대를 양성하던 성환이 이젠 손을 떼고 남은 진행을 새롭게 구성되는 교관단으로 꾸려 가야 한다는 것이 못내 머리가 복잡해졌다.

"일단 육본에서 내려온 지시 사항을 알려 주겠네."

"예!"

"일단 자네의 전역 신청은 승인되었네."

성환은 정찬성 장군의 말에 속에서 뭔가 쿵 하고 떨어지는 느낌을 받았다.

자신이 원해서 전역 신청을 하긴 했지만, 그동안 자신이 평생을 받쳐 군에 있었는데, 더 이상 이곳에 있지 못한다는 생각에 만감이 교차했다.

"그런데…… 자네가 전역하기 전에 한 가지 해 줘야 할 일이 있네."

잠시 멍하니 정찬성 장군의 이야기를 듣던 성환은 그의 말에 고개를 갸웃거렸다.

전역을 앞둔 자신에게 군에서 명령을 내린다는 것이 뭔가 이상했기 때문이다.

그랬기에 성환은 잠시 고개를 갸웃하다 정찬성 장군에게 물었다.

"그게 뭡니까?"

"아무래도 자네가 전에 세계 특수부대 경연에서 보여 준 활약 때문에 미국에서 자꾸만 자네에 관해 문의를 하고 있었네. 그래서……."

성환은 미국이 군에 관심을 보인다는 말에 눈을 반짝였다.

솔직히 그때, 자신이 보여 준 능력은 굳이 능력이라고 불릴 만한 것은 아니었다.

그저 남보다 뛰어난 신체 능력을 가지고 적당히 상대를 해 준 정도.

이는 마치 어른이 유치원 아이들을 상대로 놀아 주는 정도의 수준이었다.

그런데 그런 것도 모르고 어떻게 해서든 자신이 가진 능력을 배우기 위해 수소문을 했다는 말에 성환은 이를 어떻게 이용할 수 있을지를 생각을 해 보았다.

이제 자신은 군인이 아니게 될 것이다.

그런 상황에서 어떻게 하는 것이 자신에게 유리할 것인지 생각을 한 것이다.

자신에게는 처리해야 할 적이 있지 않은가.

그리고 목숨과 맞바꿔서라도 보호해야 할 존재도 있고 말이다.

그러나 앞으로 자신이 상대해야 할 존재는 결코 쉬운 상대가 아니다.

전이라면 자신이 노출되지 않았기에 최만수나 이진원을 쉽게 처리할 수 있었지만, 이제는 아니다.

이진원을 처리할 때 그가 했던 말을 생각하면 그들이 어느 정도 자신을 의심하고 있었다는 것을 알 수 있었다.

아마도 지금쯤이면 자신에 대한 뒷조사를 하고 있을지도 몰랐다.

물론 군에서 어느 정도 감추긴 하겠지만, 그들이 가진 힘이라면…… 어쩌면 숨기는 것도 한계가 있을 것이다.

아니, 어쩌면 그들과 결탁한 정치군인들이 다 가져다 바칠지도 모른다.

그러니 성환은 이번 기회에 보다 확실한 안전장치를 마련할 필요가 있었다.

"제가 어떻게 하면 되는 것입니까?"

"그건 육본에 가서 자세한 설명은 듣겠지만, 일단 대외적으로 알려진 것처럼 자네가 미국에 교관단으로 가 그들을 좀 가르치고 오면 될 거네."

"그렇게만 하면 되는 것입니까?"

"그래, 참! 그거 말고 최세창 중령이 자네와 할 이야기가 있다고 하니 나가면 최 중령을 만나고 가게."

"알겠습니다."

이야기가 끝나자 성환은 자리에서 일어나 사령관실을 나왔다.

◈　　◈　　◈

"왜 보자고 한 거냐?"

"뭐가 그리 급하냐?"

성환은 사령관실을 나와 바로 세창을 찾아갔다.

정보 분석 실에서 한참 뭔가를 보며 고심을 하고 있는 세창이 보이자 성환은 바로 그에게 다가가 불렀다.

사실 지금 이곳에 성환이 들어오는 것은 규칙에 위반된

행동이지만, 어차피 비취인가 등급이 이곳에 있는 정보들보다 더 높은 성환이기에 그냥 넘어갔다.

"나도 할 일이 있는데, 언제까지 널 기다릴 수는 없잖아."

"그건 또 그러네. 너와 대화를 일찍 끝내면 끝낼수록 우리에겐 도움이 되니⋯⋯."

세창은 성환의 말에 그렇게 답변을 했다.

요즘 성환이 전역 신청을 하고 난 뒤, 조금 급하게 그들을 몰아치는 것을 잘 알고 있었다.

정보사령부에서 극비로 양성하고 있는 S1의 양성이 자신의 전역으로 계획에 차질이 벌어지는 것을 최대한 줄이기 위해 성환은 몰아치고 있었다.

"그래, 본론만 말할게. 아마도 조만간 그들에게 너에 대한 정보가 넘어갈 거다. 그렇게 되면 전역을 한 너는 그들의 공세를 막아 내기 버거울 것은 자명한 일이지."

세창은 성환이 전역을 한 뒤 벌어질 일들에 관해 자신의 생각을 들려주었다.

분명 성환의 적인 김병두 의원은 자신의 아버지의 힘을 이용해서라도 성환을 처리하려 할 것이 분명했다.

그냥 지켜봐야 자신들에게 득 될 것이 없는 성환의 존재를 그들이 그냥 두고 보지는 않을 것이다.

그러니 세창은 성환에게 자신의 생각을 알려 주는 한편

막강한 전력인 성환을 그냥 사회에 풀어 두기보다도 조금의 끈이라도 연결해 놓는 것이 자신이 기획한 삼청 프로젝트를 성공시키는 데 도움이 될 것이라 판단했다.

"그래서 생각해 봤는데, 그냥 전역을 하는 것 보다는 군 수사관 신분이라도 가지고 있는 게 네 앞날에 도움이 될 것 같은데, 네 생각은 어떠냐?"

성환은 급작스런 세창의 제안에 눈이 동그래졌다.

그동안 그런 것은 전혀 생각해 보지 않았었다.

그저 전역 후 수진의 옆에서 그녀를 지키면서 적으로 돌아선 그들의 빈틈을 노려 복수를 한다는 막연한 생각뿐이었다.

어젯밤 세창에게 대략적인 이야기를 들었지만 큰 감흥이 없었다.

그런데 지금 군 수사관 신분을 언급하는 것이 자신의 동기인 세창은 그동안 자신보다 자신에 관해 많은 생각을 하고 계획을 짜고 있었다는 것을 깨달았다.

"너, 그 생각 언제부터 한 것이냐?"

문득 궁금증이 유발한 성환은 세창을 보며 물었다.

그런 성환의 모습에 세창은 성환이 어느 정도 자신의 생각에 긍정적인 반응을 보인다 생각하고 대답을 들려주었다.

"생각은 뭐…… 네가 전역 신청을 하고 난 뒤다. 됐냐?

그래 네 생각은 어때?"

자신의 물음에 대답을 하고 다시 자신을 향해 질문을 던지는 세창을 보며, 성환은 잠시 세창의 제안을 곰곰이 생각을 해 보았다.

그런데 그 제안을 생각하던 중 자신에게 손해가 아니란 생각이 들었다.

솔직히 어젯밤 세창의 제안을 받아들이기로 했다.

그렇게 된다면 자신은 분명 범죄자들의 우두머리가 된다.

아무리 취지가 좋다고 하지만 역시나 범죄자들의 우두머리는 공권력에 약할 수밖에 없다.

그런데 만약 자신이 군 수사관의 신분을 가질 수 있다고 한다면, 그리고 만약 그런 신분을 가지고 있다고 하면 자신을 함부로 수사할 수는 없을 것이 분명했다.

사람들이 모르고 있지만 군에서는 사회에 수사관들을 풀어놓고 정보를 수집하기도 한다.

군 수사관이라고 해서 꼭 군에 관련된 범죄 수사만 하는 것은 아니다.

때로는 그들이 사회 전반에 퍼진 불온사상에 관해서 정보 수집을 한다.

그렇게 수집된 정보를 분석하고 활용하는 곳이 바로 정보사령부.

수집된 정보를 어떻게 활용할지는 전적으로 정보사령관의 재량이었다.

물론 이런 정보 수집은 절대로 외부에 알려져서는 안 되는 일.

그렇기에 군 수사관에 관한 것은 모두 비밀 코드로 운영이 된다.

한참을 생각한 성환은 바로 수락했다.

"좋아, 내가 군 수사관을 한다고 해서 손해 볼 것은 없으니. 그런데 그럼 내 직속상관이 네가 되는 거냐?"

성환은 세창의 제안을 수락하면서 가벼운 농담을 던졌다.

이는 군에서는 자신의 계급이 더 높은데, 전역을 하게 되면 이젠 군무원 신분으로 변하면서 소속이 바뀐다.

이제와 생각해 보니 전에 알려 준 김진성이란 사람도 아마 세창의 명령을 듣는 군 수사관일 것이 분명했다.

수진의 실종과 누나의 죽음을 조사할 때 많은 도움을 받았던 김진성의 정체를 이제야 깨달은 성환은, 자신이 이렇게 눈치가 없었나 생각을 하였다.

"이야기 다 끝났지?"

"그래, 다 끝났다."

"그럼 나 바쁘니 나중에 보자."

세창의 말에 성환은 잠시 그의 책상 위에 있는 서류들을 잠시 돌아보다 자리에서 일어났다.

"알았다, 간다."

이야기를 끝낸 두 동기는 그렇게 자리에서 일어나 헤어졌다.

◈   ◈   ◈

강남의 고급 요정 청향(清香).

복잡한 도심 속에 있지만 이곳은 생각보다 시끄럽지 않고 고즈넉한 곳이다.

그래서 그런지 이곳을 찾는 사람들은 모두 사회적으로 어느 정도 힘을 가진 이들이 대부분이었다.

힘을 가졌기에 여유를 즐길 줄 아는 사람들만이 출입을 하는 고급 술집.

그러다 보니 이곳의 술값은 일반인들이 상상하기 힘들 정도로 비쌌다.

하지만 의외로 이곳은 빈 방이 없을 정도로 성업을 하고 있었다.

그런 고급 술집인 청향에서도 특별한 손님만 받는 별채에 김한수 의원이 누군가를 만나고 있었다.

"이 의원. 그래, 내가 부탁한 것은 알아보았소?"

"예, 마침 군 인사 담당이 제 후배가 하고 있어서 알아봤습니다."

이상덕은 전에 김한수 의원이 부탁한 것을 알아보기 위해 자신의 고향 후배를 찾아갔다.

자신이 예편한 지 좀 오랜 시간이 흐른 뒤라 자신이 알고 있던 인맥이 모두 자리를 떠났기 때문에 어쩔 수 없이 중령 계급을 가지고 있는 육군본부 인사담당관을 찾아갔다.

아무래도 그가 처음 육군 사관학교에 입교를 했을 때, 안면이 있었기에 자신의 부탁을 저버리지 않고 알아봐 주었다.

"그래, 뭔가 있었나?"

김한수는 두루뭉술하게 말을 흐리며 성환에 관해 물었다.

"제가 알아본다고 알아봤는데…… 많은 부분이 비밀이라 자세한 것은 알아내지 못했습니다."

조금 시원치 않은 답변을 들은 김한수는 눈살이 절로 찌푸려졌다.

자신이 생각한 것보다 이상덕의 능력이 못 미쳤기 때문이었다.

'이거…… 내가 이자를 너무 과대평가를 했나?'

아무래도 자신이 잘못 생각한 듯했다.

비록 이상덕 의원이 군 출신의 의원이라고 하지만, 별을 달고 예편을 한 뒤 당에 들어왔기에 어느 정도 능력이 있을 것이라 생각했다.

그런데 생각보다 군에 대한 영향력이 별 볼 일 없는 것이 아닌가?

솔직히 정당들이 공돈 빼내는 곳 중 쉬운 것이 바로 국방 예산이 아닌가?

특히나 군의 무기 도입 사업 같은 경우는 잘만 이용하면 비자금을 조성하는 것에도 좋았다.

눈앞의 이상덕 의원 같은 경우도 그런 케이스를 통해 당으로 영입한 인재였다.

그런데 당시 판단한 것과 다르게 이상덕은 인맥이나 능력이 생각보다 좋지 못했다.

겨우 10년도 되지 않은 상태에서 인맥이 사라진 것을 보면 능력이 한참 모자랐다.

이런 저런 생각을 하며 김한수는 이상덕이 넘겨 주는 서류를 살펴보았다.

서류봉투에서 꺼낸 서류 앞면에는 큼지막한 스탬프로 찍힌 [TOP SECRET]는 표시가 눈에 들어왔다.

다만 원본이 아닌 복사본인지 조금 흐릿하고 지저분해 보였다.

첫 장을 잠시 보던 김한수는 자신도 모르게 마른침을 삼켰다.

꿀꺽!

쓰윽, 쓱!

조용히 서류를 넘기는 김한수는 점점 눈이 커지기 시작했다.

그 서류 안에는 자신이 알고자 하는 자의 신상에 관한 정보가 들어 있었는데, 그 안에는 성환이 그동안 군에서 활동한 내역이 고스란히 담겨 있었다.

육군 사관학교를 입교하고 또 수석으로 졸업을 한 것은 물론이고, 육사 출신의 엘리트로서는 최초로 특전사에 지원을 한 것이나, 훈련과 작전을 뛰며 보인 우수한 리더십으로 인해 최단코스로 팀을 꾸린 것 등등…… 보통 사람이라고는 믿기 힘들 정도로 엄청난 능력들이 고스란히 보였다.

특히나 김한수의 눈에 띈 것은 바로 12년 전에 벌인 작전이었다.

비록 실패하긴 했지만 2개 팀이 모두 전멸한 작전에서 홀로 생환한 것이다.

그것을 보며 김한수는 아들이 말했던 것이 오버랩 되었다.

자신의 굳은 일을 하던 만수파가 괴멸하고, 또 강남의 터줏대감인 이진원이 자신의 본거지에서 살해당했다는 것이 어쩌면 이해가 가기도 했다.

"흐음……."

자신도 모르게 터져 나오는 신음, 하지만 김한수는 그것을 인식하지 못하고 계속해서 서류를 읽었다.

"허허, 이것이 정말로 사람의 기록이 맞나?"

모든 자료를 다 읽은 김한수는 잠시도 모르게 그런 감탄사를 터뜨렸다.

그런 김한수 의원을 보는 이상덕은 눈을 반짝였다.

그도 자신의 후배에게서 서류를 넘겨받을 때, 잠시 서류를 살펴보았다.

그리고 자신이 미군에 넘긴 그 작전 계획의 희생자가 바로 김한수 의원이 알아보라고 시킨 장본인이란 것을 알게 되었다.

아마도 두 사람 간에 뭔가 문제가 생긴 것 같은데, 이상덕은 이를 어떻게 이용할 것인지 머리를 굴려 보았다.

하지만 예전과 다르게 이상덕의 머리로는 지금 현 상황을 이용해 자신이 이득을 취할 구멍이 보이지 않았다.

현역에서 물러나다 보니 잔머리만 늘고, 큰 그림을 그리기는커녕 이렇게 좋은 건수가 생겼어도 찾아 먹지 못하게 되었다.

예전 현역 시절이라면 미군과도 연결이 되어 있어 막말로 김한수 의원이 원하기만 한다면 CIA의 암살자까지 소개해 줄 수 있었을 것이다.

하지만 이미 이전의 인맥은 사라져 이상덕은 더 이상 힘을 가지고 있지 못했다.

그렇기에 지금 김한수 의원을 보며 입맛만 다시게 되었다.

"그런데 이게 사실인가?"

"뭘 말씀하시는 것입니까?"

"여기 정말로 우리 군에서 이런 작전들을 했다는 것이 말일세."

김한수 의원은 군이 극비로 알리지 않고 행한 작전들을 짚으며 물었다.

그런데 대답해야 할 이상덕은 바로 말을 하지 못하고 다시 한 번 고심을 했다.

이는 아무리 자신이 군을 떠난 지 오래되었다고 하지만 비밀은 지켜져야 하기 때문이다.

만일 이러한 비밀들을 발설을 했다가는 어떤 일을 당할지 몰랐다.

사실 지금 김한수가 보고 있는 외부 유출이 되어선 안 되는 극비 문서.

그래서 앞표지에도 [TOP SECRET]라는 스탬프가 찍힌 것이다.

그런데 이런 극비 문서를 유출한 것도 군법에 회부될 일인데, 안의 내용을 증언까지 한다는 것은 선뜻 마음이 내

키지 않았다.

그것이 자신이 속한 당의 실세라고 하지만 자신의 목숨보다 중요한 것은 아니다.

그리고 자신은 해 줄 수 있는 모든 것을 해 준 것이지 않은가?

"그건 제가 답변을 드릴 수가 없겠습니다, 흠흠."

이상덕의 대답을 기다리던 김한수는 의외라는 눈으로 이상덕을 쳐다보았다.

설마 그가 이런 대답을 할 것이라고는 생각지 못했기에 김한수의 얼굴은 놀라는 기색이 역력했다.

"그래. 내, 실례를 했군."

정치판에서 구르고 구른 김한수이기에 방금 이상덕의 말 속에서 뭔가 꺼내선 안 될 이야기란 것을 깨달았다.

조금 전까지만 해도 김한수의 눈에 비친 이상덕은 별 볼 일 없는, 더 이상 어울려 봐야 영양가 없는 위인이었다.

하지만 지금의 모습은 조금 전과 180도 달랐다.

뭔가 단호한 면이 엿보였다.

"그런데 의원님께선 무엇 때문이 이 사람에 대해 궁금해하시는 것입니까?"

분위기가 어느 정도 가라앉자 이상덕은 자신이 궁금해하던 것을 물었다.

정말, 여당의 6선 의원이 연관도 없는 현역 군인에 대해 알아보는 이유가 정말로 궁금했다.

이상덕의 말에 김한수는 어떻게 대답을 할까, 궁리를 하다 말을 했다.

"우리 집안과 좀 악연이 있는 자라 그러네."

그저 돌려 말을 했지만, 이상덕은 눈을 반짝였다.

잘만 하면 뭔가 일을 꾸밀 수 있을 것도 같았기 때문이다.

비록 핵심 인맥들은 시간이 흘러 다 사라졌지만 그래도 남은 인맥들을 총동원한다면 얼추 그림이 나왔다.

2.
후배들에게 남기는 선물

12월이라고는 믿기지 않을 정도로 따뜻한 기후를 보이고 있는 플로리다.

그곳에 성환은 군의 명령으로 제대를 하기 전 미국에 왔다.

물론 혼자 이곳에 파견 나온 것은 아니고 몇몇 특전사 교관들과 함께 자문단으로서 함께하게 되었다.

계급이 계급인지라 성환은 이들 교관들의 인솔자로서 왔다.

"대령님, 그들은 언제 오는 것입니까?"

교관으로 파견된 장교 중 한 명이 인솔단장인 성환에게 물어왔다.

그런 장교를 보며 성환은 차분하게 대답을 했다.

"고 소령, 너무 조급하게 생각하지 말게, 우린 기간에 맞게 그들을 교육시키면 끝나는 거야."

"그건 그렇지만, 불러 놓고 이렇게 마중하는 이 하나 없다니…… 이게 말이 됩니까?"

"그거야 사정이 있겠지. 그런다고 일이 바뀌는 것은 아니지 않나?"

성격이 조금 급한 고인겸 소령이 자신들을 마중 나오기로 한 미군이 나오지 않자 짜증내는 것을 받아 주며 말을 하였다.

평소라면 성환에게 이런 짜증을 부리지 않겠지만, 이미 성환이 이번 일을 마치고 전역을 한다는 것을 알고 있어 그런지 아니면 성환이 국군 정보사령부에 오랜 기간 파견 나가 있어 그런지는 모르겠지만, 아무튼 고인겸 소령을 비롯해 몇몇 영관급 장교들은 자신의 상관이라 생각하지 않고 파견 부대 장교 이상으로 대우하지 않았다.

물론 그들이 성환의 전설 같은 무용을 듣지 않은 것은 아니지만, 이들도 자신들 부대에서는 그래도 명성이 자자한 이들이기에 아무래도 자존심 때문인 것 같았다.

하지만 성환은 그러거나 말거나 빨리 시간이 지나가길 기다리는 입장이었다.

떠나기 전 세창을 비롯한 몇몇 장성들과 면담을 했었다.

이번 파견을 끝으로 자신은 군을 떠나는 것으로 확정이 되었고, 또 군무원 신분으로 바뀌묘 비밀 작전에 투입된다는 것이다.

물론 주체는 성환 자신이었다.

비록 군에서 실시하는 작전에 동원이 되는 것이지만 어디까지나 주체는 자신이라는 것을 그들에게 알렸다.

괜히 전역을 하는 마당에 얼토당토 않는 일에 끼어 들어가지 않기 위해 최선의 선택을 한 것이다.

만약 일이 잘못된다면 그저 군이 사회를 사찰한 것 때문에 논란이 일며 자신도 뭔가 타격이 있겠지만, 타격이라고는 군 수사관의 자리에서 물러나는 것 정도가 될 것이다.

대신 자신의 의무가 적어진 대신 권리도 적어져 군에서 지원받을 첫 공작금과 수사관 신분증 외에는 아무것도 없다는 것을 명기했다.

물론 그건 성환 자신이 원하는 것이었다.

더 주려는 세창의 말에도 끝까지 고수한 것이다.

많은 것을 받다 보면 분명 군에서도 자신에게 많은 것을 원하게 될 것이 분명하기 때문이다.

고인겸 소령이 옆에서 계속해서 뭐라고 불만을 토하지만, 성환의 귀에는 이미 그의 말은 어떻게 되든 상관없었다.

그렇게 공항 로비에서 기다리고 있을 때, 공항 입구에서 뛰어오는 군인의 모습이 보였다.

그런데 그 군인의 모습이 영 정상으로 보이지 않았다.

"죄송합니다. 오다 사고가 나는 바람에……."

상사의 계급을 달고 있는 나이 든 군인은 경례를 하고 늦은 이유에 대하여 설명을 했다.

말인즉, 자신들을 마중 나오던 길에 대형 유조차가 고속도로에 전복이 되는 통에 사고를 돕다가 늦었다는 것이다.

어차피 대형 유조차를 치워야 도로 통행이 되기에 한시 빨리 통행을 시키기 위해선 자신들도 돕지 않을 수 없었다고 덧붙였다.

이 때문에 1시간이나 늦어져 미안하다는 사과도 했다.

"그건 어쩔 수 없는 일이니 그만 넘어가기로 합시다. 그럼 저희 일정은 어떻게 되는 것입니까?"

성환은 능숙한 영어를 사용해 자신들을 인솔하기 위해 온 모리슨이란 이름의 상사에게 물었다.

"일단 일정은…… 1시간 정도 늦어졌으니 우선 부대에 도착을 하면 식사를 한 다음 제리코 장군님을 뵙고……."

모리슨 상사는 성환 일행을 공항 밖에 대기하고 있는 험비에 태우고 이동을 하며 앞으로의 일정을 계속해서 설명을 했다.

모든 일정을 들은 성환은 이들이 한국군 교관들을 초청하면서 한국 특수부대에서 실시하고 있는 각종 훈련이나 교육 시스템에 많은 관심을 보이고 있다는 것을 알 수 있었다.

부대로 가는 차 안에서 모리슨 상사가 떠드는 소리를 들으며 부대 정보를 분석했다.

◈　　◈　　◈

"그래 일주일 후 미국에서의 일이 끝나니 잠깐 얼굴을 볼 수도 있겠다."

성환이 쉬는 시간을 이용해 누군가와 전화 통화를 하고 있었다.

그런 성환의 곁으로 고인겸 소령이 다가왔다.

"대령님, 토마스 중령이 찾던데 말입니다."

"그래, 수진아 이만 끊어야겠다. 나중에 또 통화하자."

고인겸 소령의 말에 성환은 얼른 수진과 통화를 끝내고 고인겸 소령을 돌아보았다.

지금 일과가 끝난 시간인데 이렇게 자신을 방해하는 것이 좋게 보이지 않았다.

특히 지금은 자신이 개인적인 일로 사적인 전화 중이었다.

일과 시간도 아닌데 방해를 받자 기분이 좋지 못했다.

고인겸 소령은 파견이 나온 내내 자신에게 이런 태도를

보이고 있었다.

예전 같았으면 한차례 기합을 주었을 것이지만 얼마 있지 않으면 떠난다는 생각에 참고 있는 중이다.

"무슨 일이라고 하던가?"

성환은 자신의 시간을 방해한 고인겸 소령을 보며 잠시 눈살을 찌푸리다 무슨 일인지 물었다.

하지만 들려온 대답은 가관이었다.

"그걸 제가 어떻게 알겠습니까? 그저 이곳 레인저 장교인 토마스 중령이 찾는다고 하니 전달하는 것뿐인데."

어이없는 대답을 하는 고인겸 소령을 보던 성환은 잠시 그를 노려보다 한 마디 하였다.

"자네 상관은 누군가?"

"예?"

"현재 자네의 상관이 누구냐는 말이다!"

조금은 단호한 말을 하는 성환을 보며 고인겸 소령은 잠시 당황했다.

그동안 자신이 불만을 토로하거나 아니면 조금 무례한 말을 해도 무골호인처럼 아무런 반응을 하지 않던 성환이 이렇게 화를 내는 것에 적잖게 당황했다.

"그, 그야 대령님이 인솔단장이시니…… 현재는 대령님이십니다."

고인겸 소령의 대답이 나오자 다시 성환의 말이 이어졌다.

"그럼 토마스 중령이 찾는 일이 급한 일인지, 아니면 그저 그런 일인지도 모르고 상관의 쉬는 시간을 방해한 것인가?"

"저 그건……."

"아직도 자신의 잘못을 깨닫지 못한 것인가!"

고인겸 소령은 뭔가 변명을 하려다 자신의 말을 자르며 호통을 치는 성환의 모습에 입을 다물었다.

'제길…….'

별것 아닌 걸로 화를 내는 성환의 모습에 고인겸 소령은 속으로 불만을 표했다.

하지만 그렇다고 겉으로 자신의 불만을 내비칠 수는 없었다.

어찌 되었던 성환이 현재 자신의 직속상관으로 있는 상태에서 이번 파견의 보고를 할 것이기 때문에 일주일 뒤 한국으로 돌아간 뒤 어떤 보고를 하느냐에 따라 자신의 진급이 달려 있지 않은가?

곧 전역을 한다고 해서 조금 쉽게 생각했는데, 오늘 제대로 똥 밟았다는 생각이 들었다.

"언제부터 우리 대한민국 특전사가 이렇게 기강이 해이해진 것인가? 군기가 엉망이군! 오늘 밤에 모두 모이도록!"

성환은 고인겸 소령에게 그렇게 지시를 내리고 토마스

중령이 머물고 있는 사령실로 향했다.

한편 성환의 마지막 말을 듣고 멍하니 그가 지나가는 뒷모습만 지켜보던 고인겸은 그제야 자신의 실수가 생각났다.

지금이야 조용하지만 예전 성환이 특전사들을 훈련시킬 때 어떠했는지 생각 난 때문이다.

당시 자신은 대위의 계급을 달고 조금 쉽게 가려다 그날 성환에게 호되게 당했었다.

추운 겨울날 그것도 눈 오는 밤에 잠도 안 자고 참호 씨름을 하며 터졌던 것이 생각났다.

"아, 씨팔! 내가 잠시 미쳤지……."

고인겸 소령은 방금 전 성환이 한 이야기를 다른 교관단원들에게 어떻게 전달할 것인지 고민이 되기 시작했다.

◈　◈　◈

성환은 자신을 찾는다는 소리에 토마스 중령이 있는 집무실로 들어갔다.

"어서 오십시오."

"그래 무슨 일로 이 시간에 부른 것입니까?"

자신의 책상에서 서류를 뒤적이던 토마스 중령은 성환이 들어오자 얼른 자리에서 일어나 성환을 맞았다.

"아, 예. 일단 이리로 앉아서 이야기하시죠."

토마스 중령의 말에 성환은 그가 안내한 자리에 가 앉았다.

성환이 자리에 앉자 토마스 중령은 자신의 책상에서 뭔가를 가져왔다.

그것은 그동안 한국 교관단이 훈련시킨 프로그램과 그 교육을 받은 미군들의 측정표였다.

원래 이런 건 자신들에게 보여 주지 않는 것으로 알고 있는 성환이기에 이런 토마스 중령의 행동에 의문이 생겼다.

"이게 뭡니까?"

"별거 아닙니다. 그동안 대령님과 한국군 교관들이 가르친 훈련병들의 체력 측정표입니다."

토마스 중령은 가벼운 투로 훈련병들의 측정표를 성환에게 넘기며 말했다.

성환은 그가 넘겨 준 측정표를 보며 살펴보았다.

모든 것을 살펴본 성환이 그것을 내려놓고 토마스 중령을 쳐다보자 중령은 진지한 표정으로 입을 열었다.

"사실 저희가 한국 측에 원하는 것은 이런 것이 아니었습니다."

"이게 아니라니…… 그게 무슨 말이죠?"

"단도직입적으로 말하죠. 어떻게 하면 그들과 같은 존재를 만들 수 있는 것입니까?"

갑작스런 질문에 성환은 눈을 반짝였다.

이들이 뭔가 알고서 질문을 하는 것인지 궁금해졌다.

"그들이라니 무슨 말입니까?"

"왜 있지 않습니까? 한국군 내부에 비밀 특수부대가 있다는 것 다 알고 있습니다."

"저희는 그런 것 없습니다. 우리에게 비밀이 없다는 것 잘 아실 텐데요?"

성환은 집요한 토마스 중령의 질문에 모르쇠로 일관했다.

자신이 가르친 S1은 대한민국 군이 가진 최후의 보루.

비록 숫자는 얼마 되지 않지만 그렇기에 그 활용도가 더 무궁무진하고, 또 급박한 상황에서 변수를 만들 수 있는 것이다.

그런데 어떻게 된 것인지 비밀이 어느 정도 미군에 흘러 들어간 것 같았다.

만약 정말로 S1의 비밀이 이들에게 흘러 들어갔다면 한국으로서는 무척이나 심각한 문제가 야기된다.

그 이유는 그들의 목적(目的)이 외부에 알려지지 않았기 때문이다.

그렇기 때문에 군 내부에서도 아는 이들이 별로 없다.

그들을 양성하기 위한 시설이나 비용은 모두 비자금을

조성해 만들었다.

일부 군 장성들은 그 일 때문에 불명예를 뒤집어써 가면서 프로젝트를 추진했다.

개인의 영달을 위해 로비를 받았다는 질타와, 불명예스럽게 전역을 하면서까지 비밀리에 비자금을 조성해 극비 프로젝트를 진행한 일.

그런 비밀이 미군에 알려졌다면 어쩌면 대한민국 군 내부에 오열(五列)이 있다는 소리다.

나라에 충성해야 할 군인이 다른 나라를 위해 존재한다는 것은 성환은 인정할 수가 없었다.

성환이 이런 생각에 토마스 중령이 자신을 살피는 것도 모르고 심각하게 고민했다.

한편 토마스 중령은 자신이 말을 하면서도 사실 한국에 비밀부대가 있다는 것을 확신하지 못했다.

그저 위에서 내려온 말이기에 자신들에게 그들이 실시하고 있는 훈련 프로그램을 제공하라는 취지에서 말을 꺼낸 것이다.

그런데 무엇 때문이지 눈앞에 있는 한국군 대령이 심각하게 뭔가를 생각하자 토마스 중령도 적이 놀랐다.

'뭐야! 정말로 그런 게 있다는 것이 사실이야?'

"이런 프로그램은 저희도 어느 나라 못지않게 많이 보유하고 있습니다. 그러니, 보다 실질적인 것을 알려 주시기 바랍니다."

토마스 중령은 성환의 표정을 살피며 그렇게 말을 하였다.

자신들이 성환을 교관으로 요청한 것이 그저 단순한 한국군의 훈련 프로그램을 알기 위해 부른 것이 아니라 비밀리에 양성 중인 특수부대의 프로그램을 배우기 위해서라 말을 차근차근 설명했다.

그런 중령의 말에 성환은 속으로 안심을 했다.

'다행이다. 이들이 그런 말을 한 게 S1의 비밀을 알아서 그런 것이 아니라 비슷한 내용의 뭔가를 들었기에 찔러본 것뿐이구나.'

어느 정도 미군의 상황을 눈치챈 성환은 고민을 하다 슬쩍 제안을 했다.

"그럼 우리가 극비로 되어 있는 훈련 프로그램을 내놓으면 당신들은 어떤 것을 우리에게 줄 것이오?"

성환은 역으로 토마스 중령에게 물었다.

토마스 중령은 한 번도 이런 생각은 해 본 적이 없기에 잠시 당황했다.

조금 전까지만 해도 자신의 말에 당황했던 사람이 맞는지 어리둥절하기까지 했다.

"그게……."

"뭐, 대답을 못한다면 우리 쪽에서 요구를 하겠소."

성환은 대화의 주도를 자신 쪽으로 돌리며, 전역 때문에 군대를 나오는 것으로 인해 S1의 예상 전력(戰力)이 계획보다 낮다는 생각이 들었다.

그리고 그것을 보충하기 위한 수단을 강구하게 되었다.

"드래곤스킨 5만 벌을 주시오."

드래곤스킨이라는 것은 미군이 퍼펙트 디펜딩사에 의뢰해 오랜 시간 연구, 개발한 신개념 방탄복.

기존의 케플러를 이용한 방탄복은 뛰어난 성능을 보이고 있지만, 중기관총에는 속수무책으로 뚫렸다.

그뿐 아니라 사제 폭발물에 무척이나 약한 면모를 보이고 있었는데, 9.11테러 이후 이라크와 아프가니스탄 전쟁을 치르며 미군은 많은 사제 폭탄이나 RPG같은 총유탄에 많은 피해를 입었다.

그래서 파견된 미군들을 보호하기 위해 보다 확실한 방탄복이 절실했다.

그리고 그런 군의 요구에 퍼펙트 디펜딩사는 1억 달러라는 엄청난 금액을 들여 드래곤스킨이란 신개념 방탄복을 개발했다.

마치 이름처럼 소설 속에 나오는 강력한 드래곤처럼 뚫리지 않는 강력한 피부와 같은 방탄복이 개발이 된 것이었다.

기존의 방탄복과 다르게 이름 그대로 피부처럼 입기 때

문에 움직임에 방해도 되지 않고 겉에 기존의 방탄복을 겹쳐 입을 수도 있어 특수부대의 비밀작전에 무척이나 도움이 되는 물건이다.

그러니 성환은 토마스 중령에게 그 물건 5만 벌을 베팅하였다.

그런데 성환의 이야기를 들은 토마스 중령은 성환의 배짱에 놀랐다.

드래곤스킨을 어디서 알게 되었는지 모르지만, 현재 그 물건은 미군 내에서도 전장에 나가있는 최전방의 군인들과 특수부대에만 보급이 된 최신의 방탄복이었다.

돈 많은 미국이 이 좋은 것을 전군에 보급하지 못한 것은 그 생산 단가가 기존의 방탄복보다 10배나 비싸기 때문이다.

1000~1200달러 내외인 방탄복에 비해 이 드래곤스킨 방탄복은 물경 1만 달러나 하는 고가의 장비였다.

그런데 그건 고가의 장비를 5천도 아닌 5만 벌을 공급해 달라는 말은 일개 중령인 자신이 판단할 문제가 아니었다.

"그건 너무 과한 것이 아닙니까?"

자신이 생각하기에 너무 과한 조건이었다.

성환의 조건을 들어주려면 최소 5억 달러가 필요했다.

대량의 주문이라 어쩌면 단가는 좀 더 내려갈 수도 있을 것이다.

하지만 자국군을 무장하는 것도 아니고, 동맹국과 거래를 하기 위해 예산이 5억 달러나 필요하다고 하면 국회의원들이 쉽게 동의하지 않을 것이 분명했다.

그렇기에 토마스 중령은 성환의 조건이 너무 과하다는 말을 하였다.

하지만 성환은 자신의 조건이 별로 과하지 않다는 설명을 하였다.

"전 전혀 그렇게 생각하지 않습니다. 저희 한국이 제공할 훈련 프로그램을 사용한다면 미군으로써는 지금보다 한 단계 더 업그레이드 된 전력을 가지게 될 것입니다."

"그게 가능한 소리입니까? 지금보다 전투력이 한 단계 업그레이드된다는 말이……."

도저히 성환의 말이 믿기지 않아 되물었다.

하지만 성환은 차분하게 자신의 말이 사실이라는 것을 설명했다.

"미군이 한때 대만에서 중국 무술을 연구한 적이 있다는 것을 알고 있습니다."

토마스 중령은 성환이 하려는 말을 듣고 머리에 스쳐가는 생각이 있었다.

성환의 말대로 70년대 말에서 80년대 중반까지 미군에서는 동양 무술을 집중적으로 연구를 했었다.

닌자와 쿵푸로 대변되는 동양 무술은 서양인인 미국인들에게는 너무나 신비롭고 강력했다.

은밀한 침투와 빈틈을 파고들어 단번에 적을 제압하는 동양의 무술은 마법과도 같은 매력을 가지고 있었다.

물리학적으로 불가능해 보이는 힘을 발휘하는 그들의 무술을 어떻게든 분석해 자신들이 가지기를 원했다.

그렇기에 미군에서는 많은 예산을 들여 연구를 했다.

일본의 무술인들은 물론이고 대만의 이름 난 무술인들을 초청해 연구를 했다.

하지만 그러한 노력들은 모두 실패로 끝났다.

이는 접근하는 방식이 잘못되었기 때문이다.

미군은 당장 짧은 시간에 이를 자신들의 힘으로 사용할 수 있는 방법을 찾기 위해 연구를 했지만 동양 무술은 절대 그런 방식으로 양성할 수가 없었다.

오랜 기간 수련을 통해 자신을 완성해 가는 것이 동양 무술의 특징.

그런데 미군은 그러한 것을 간과한 채 겉으로 나오는 육체의 발달 정도만 측정할 수 있는 기기 자료들을 가지고 동양 무술이 생각보다 유용하지 못하단 판단을 내리며 연구는 종료되었다.

물론 그렇다고 전혀 성과가 없는 것은 아니었다.

비록 반쪽짜리지만 그때의 연구를 토대로 미군에서는 극

비로 슈퍼 솔져 프로젝트가 진행이 되었다.

인체의 극한까지 약물을 이용해 능력을 끌어올린다는 것이 목적.

그렇게 슈퍼 군인을 만든다는 계획이었지만 이것도 현재에 와선 많은 부작용으로 진행이 중단이 된 상태이다.

물론 완전히 중단이 된 것은 아니고, 약물 주입으로 인한 부작용을 줄이는 연구가 진행이 되고 있다.

이런 내용을 우연히 알게 된 성환은 드래곤스킨의 가격이 얼마인지 모르지만 대한민국 특수부대원이 정원을 넘어가는 5만 벌이라는 과감한 배팅을 했다.

물론 그에 상응하는 교육 프로그램이 한국군에 있는 것은 아니지만, 자신이 알고 있는 것 중 S1대원들을 가르칠 때, 기초로 가르친 것 일부를 이들에게 제공하려는 것이다.

"그 이야긴 지금 왜 꺼내는 것입니까?"

"저도 그 내용은 잘 알고 있습니다. 그 연구 후반 부족한 것을 채우기 위해 따로 연구한 프로젝트까지 말입니다."

"음, 그럼 한국에서는 그런 것까지 연구를 끝내고 적용 중이란 말씀이십니까?"

"그건 아닙니다. 미군이 사용하는 방법은 사실 동양에서는 사도(邪道)라고도 하고, 편견지학(偏見之學)이라 불리는 방법입니다. 부작용이 심하지요."

성환의 부작용이란 말에 토마스 중령은 눈을 더욱 반짝였다.

어떻게 된 것이 그가 하는 말이 자신들의 현 상황을 무척이나 잘 알고 있는 듯했기 때문이다.

"그럼 뭡니까? 부작용을 해결할 수 있는 방법이 있다는 것입니까? 아니면 부작용이 없는 방법이 있다는 말입니까?"

토마스 중령이 하는 말은 언뜻 듣기에 같은 말인 것 같으면서도 다른 말이었다.

전자는 자신들이 실행하고 있는 방법의 부작용을 해결할 방법에 대한 질문, 뒤의 말은 그것과 다르게 처음부터 부작용이 없는 방법을 알려 줄 것이냐는 질문이었다.

"뭐, 두 가지 다 방법이 있긴 하지만, 첫 번째 방법은 지금 미군이 실험 중인 방법과 병행을 할 수 있어 기간이 단축된다는 장점이 있습니다."

"기간이 단축된다?"

토마스 중령은 성환의 말에 경악했다.

"그럼 다른 방법은?"

"그건 여러분도 잘 아는 정통적인 방법으로 어릴 때부터 꾸준히 수련하는 방법입니다."

성환의 답변을 모두 들은 토마스는 첫 번째 방법만이 그의 머릿속에 맴돌았다.

오래전 선배들이 찾던 방법이지 않은가?

오랜 시간 수련을 하지 않고도 강력한 힘을 단시일 내에 가질 수 있는 슈퍼 솔져 프로젝트의 목표가 바로 그것이지 않았던가?

그런데 지금 눈앞의 동맹국 장교가 그런 방법을 알고 있다는 말에 토마스 중령은 이 사람을 어떻게 할 것인지 궁리하기 시작했다.

하지만 그런 방법을 알고 있는 사람이 그런 방법을 수련하지 않았을 것이라고는 생각지 않았다.

"대령님이 요구한 것의 가치가 엄청난 것이라 제 선에서는 어떤 답변을 드릴 수가 없습니다. 오늘은 이야기를 이만하고, 차후에 다시 하기로 하지요."

토마스 중령은 처음과 다르게 정중한 말로 성환에게 권유했다.

"좋습니다. 그럼 잘 이야기해 보시기 바랍니다."

성환은 이야기를 마치고 밖으로 나왔다.

사실 성환의 솔직한 심정은 토마스 중령에게 말한 드래곤스킨뿐 아니라 미군이 현재 개발한 약물까지 요구하고 싶었다.

하지만 만약 그렇게까지 했다가는 미군 측에서 과민 반응을 보일 것 같아 그것만 요구한 것이다.

뭐, 돈만 있다면 똑같은 것은 아니지만, 비슷한 효과를 가지면서도, 보다 안정적인 약물을 만들어 낼 수도 있지만, 그건 돈이 너무 많이 드는 방법이었다.

S1대원을 양성할 때 성환이 군에 요구해 만든 약물들. 너무나 구하기 힘든 천연 재료가 많아 예산에서 최대한 양성할 수 있던 S1대원의 숫자도 12명이 전부였다.

그러니 성환은 S1보다는 못하지만 그에 근접한 슈퍼 군인을 양성할 수도 있는 약물에 욕심이 났지만 포기했다.

성환은 토마스 중령의 집무실을 나와 곧바로 자신의 직속상관인 이기섭 총장에게 보고를 했다.

원래라면 특전사령관에게 보고를 해야 하겠지만, 이번 교관 파견 임무를 끝으로 군을 나갈 예정이기에 군 정보사령부에서 육군본부로 복귀를 하면서 성환은 특전사로 복귀한 것이 아니라 그냥 육군본부에 그냥 대기 상태가 되었다.

어떻게 보면 보직 해임이나 마찬가지.

보직이 정해지지 않아, 아무런 보직이 없는 상태니 상황은 다르지만 같은 상태다.

그런 이유로 직속상관이 황당하게도 육군 참모 총장이 되어 버린 것이다.

◆　　◆　　◆

　—그러니까 미군이 그것에 대해 어느 정도 알고 있다는 말이지?

　"예, 그렇습니다. 그러면서 현재 특전사 훈련 프로그램이 아닌 S1의 훈련 프로그램을 요구하기에 적당히 배팅을 해, 미군이 저희의 요구를 들어준다면 훈련 프로그램을 제공할 수도 있다는 말을 했습니다."

　성환은 조금 전 토마스 중령과 했던 이야기를 보고했다.

　—흠, 그대로 알려 주었다가는 그들에게 너무 큰 힘이 실리는 것은 아닌가? 지금도 그들은 자신들밖에는 생각하지 않는데.

　이기섭 총장은 현 미군 수뇌부와 미국 정부 고위 관료들의 행태에 적잖이 경계를 하고 있었다.

　지금은 많이 줄긴 했지만 예전 미국의 행동은 무척이나 고압적이었다.

　팍스 아메리카를 외치며 자신들만이 전 세계의 평화를 지킬 수 있다며 주장했었다.

　그리고 정말로 그들은 전 세계 분쟁에 끼지 않은 곳이 없었다.

　남미를 비롯해, 세계의 화약고인 중동 그리고 민족분쟁이 끊이지 않는 동유럽까지 모든 곳에 관여를 하며 전쟁을 억제하는 것이 아니라 부추겼다.

입으로는 전쟁 종식을 위해 파병을 한다고 하지만 미군의 파병으로 내전은 더욱 치열해졌다.

이런 사실을 알기에 이기섭 총장은 성환이 미군과 협상한 S1의 훈련 프로그램을 그대로 넘겼다가 어떤 일이 벌어질지 걱정이었다.

그런 이기섭 총장의 걱정을 알고 있는지 성환은 바로 대답을 했다.

"어디까지나 미군에 제공하는 것은 저희가 주는 것을 받을 수밖에 없습니다. 그게 S1의 훈련 프로그램인지, 아니면 기초 훈련 프로그램인지 그들은 모릅니다."

성환은 일명 무기를 수출할 때, 다운 그레이드 하는 것같이 S1의 훈련 프로그램을 제공하기는 하지만 현재 배우고 있는 것이 아닌 가장 기초가 되는 것을 미군에 제공한다는 계획을 알렸다.

물론 그것도 미군이 사용한다면 성환의 말대로 전력이 한 단계 상승하는 엄청난 것이다.

그러니 미군에서는 성환의 조건을 수락하고 기초 훈련프로그램을 받는다고 의심하지는 않을 것이다.

―그건 그렇기도 하겠군. 그런데 그럼 그걸 미군에 제공하고 자네가 미군에 요구한 것은 그만한 가치가 있는 것인가?

이기섭 총장은 성환이 미군에 요구한 드래곤스킨이란 것이 현재 한국군이 상용하고 있는 방탄복보다 얼마나 좋은지 알지 못해 그런 질문을 한 것이다.

그만큼 한국군이 상용 중인 방탄복이 상급의 것이기 때문이다.

"아마도 현재 개발된 방탄복 중에서는 최상급이라고 판단됩니다. 이것의 장점은 대구경소총탄에도 뚫리지 않을뿐더러 최대의 장점은 전신 타이즈와 비슷해 그 위에 방탄조끼를 더 착용이 가능하다는 것입니다. 이는 착용자의 안전을 보다 확보할 수 있어, 양성하는 데 오랜 기간이 필요한 특수부대원들이 작전에 투입되었을 때 생환할 수 있는 확률이 높아집니다."

성환의 이야기를 모두 들은 이기섭 총장은 성환의 제안을 수락했다.

―그렇다면 미군과 협상을 자네에게 모두 위임하겠네! 좋은 성과 바라네.

"예, 알겠습니다."

―그럼 다른 보고할 것이 없으면 이만 통화를 마치지.

"알겠습니다. 충성!"

―언제나 조국을 위해 충성을 다하는 자네에게 감사하네. 충성!

성환은 이기섭 총장과 통화를 마치고 마음속에 담고 있

던 부담을 털어 낼 수 있었다.

자신이 참여 했던 프로젝트가 끝나기도 전에 군을 나간다는 것 때문에 후배들에게 많이 미안했었다.

그런데 이렇게나마 그들에게 도움이 되어 부담을 덜 수가 있게 되었다.

◈　　◈　　◈

다음 날 한국군 교관들의 훈련 프로그램은 전면 중단이 되었다.

솔직히 자신들이 가지고 있는 특수부대 양성 프로그램과 그렇게 차이 나는 것도 없어 자신들의 것을 실행하는 것이 나았다.

한국군의 훈련 프로그램은 정말로 무식하다 말할 정도로 정신력을 강조하는 것들이었다.

물론 특수부대원들에게 정신력이란 아주 중요한 것이다.

하지만 이렇게까지 극한으로 몰아세우다가는 인간은 언제 망가질지 몰랐다.

미군에서도 레인저들의 훈련은 정평이 나 있다.

보다 체계적이면서도 인간을 극한까지 몰아붙이는 훈련은 극악의 통과 율을 나타내는 델타포스 대원 선발에 여실히 나타난다.

미군 특수부대 중에서도 어렵기로 정평이 나 있는 델타 포스 대원 선발에서 역시 타군 출신 인원보다 레인저 부대에서 선발되는 대원들이 월등했다.

　그런데 그런 레인저 부대의 훈련도 한국군 교관들이 가르치는 훈련에 비하는 정말 일도 아니었다.

　왜 한국군이 그리 악바리였는지 잘 알 수 있을 정도였다.

　하지만 훈련을 받는 미군이나 고위층은 그런 훈련을 한다고 전력이 급격히 향상되지 않는다 생각하고 전면 훈련을 중단했다.

　그리고 비밀리에 양성 중인 한국 특수부대의 극비 훈련 프로그램이 있다는 정보를 토대로 협상을 벌이기 시작했다.

◈　　◈　　◈

　"그것의 가격을 생각해 보셨습니까? 아무리 그렇다고 해도 5만 벌은 너무 많습니다."

　"전 그렇게 생각하지 않습니다. 미군이 제공할 것은 어차피 소모품 아닙니까? 하지만 한국이 제공할 것은 그런 소모품이 아닌 계속해서 사용이 가능한 최상의 훈련 프로그램입니다."

성환은 미군 측 협상가와 협상을 벌이면서 자신이 제공할 것에 대한 가치를 역설했다.

소모품이란 말로 가치를 높였다.

그 말에 미군의 협상가는 할 말을 잃었다.

그도 그럴 것이 성환의 말이 맞기 때문이다.

무형의 자산인 이 훈련 프로그램은 자신들이 제공할 물건에 비해 활용가치가 더욱 대단한 것이다.

하지만 그렇다고 그것을 인정해 한국이 요구한 물건을 모두 제공한다면 그 예산을 만들기가 현재로써는 버거웠다.

5억 달러는 결코 작은 금액이 아니기에 어떻게든 협상 금액을 낮춰야만 했다.

"그렇지만 5억 달러를 집행하려면 저희도 무척이나 버거운 일입니다. 한국과 미국은 동맹이지 않습니까? 훈련 프로그램 하나 제공하는 것 가지고 너무 많은 것을 요구하는 것 아닙니까?"

미국의 협상가는 성환의 요구가 너무한다는 식으로 말을 했다.

하지만 이미 이런 말이 나올 것을 예상한 성환은 냉정한 표정으로 말을 하고 자리에서 일어났다.

"무리다 싶으면 이만 협상을 중단하면 되는 것입니다. 솔직히 저희가 그 물건이 절실히 필요한 것은 아니니 말입니다."

갑자기 협상을 하다 말고 자리에서 일어나는 성환을 보며 협상가는 황당한 표정을 지었다.

원래 협상이라는 것이 이렇게 밀고 당기며 서로 절충해 협의를 하는 것이 일반적이다.

그런데 지금 한국 측 협상가로 나온 성환은 그런 것 없이 자신의 요구가 관철되지 않으면 협상을 그만두겠다는 듯 단호하게 자리에서 일어나는 모습을 보이자 당황한 것이다.

"아, 잠시만⋯⋯."

자리에서 일어나는 성환을 부르며 협상가는 진땀을 흘렸다.

"정말로 한국이 제공할 그 훈련 프로그램이 그만한 가치를 하는 것입니까?"

협상가는 성환을 자리에 앉히고 물었다.

그런 미군 측 협상가의 말에 성환은 속으로 미소를 지었다.

이 정도면 다 넘어온 것이기 때문이다.

"물론 그 가치는 당신들이 어떻게 활용하는가에 따라 다르겠지만, 내가 판단하기에는 오히려 우리 측의 요구가 적다고 생각하고 있소."

성환의 오히려 적반하장 식의 말을 듣고 협상가는 고심

을 하기 시작했다.

저 말은 분명 자신들이 어떻게 한국이 넘겨줄 것을 활용하느냐에 따라 그 가치가 달라진다는 말이었다.

자신들이 넘겨줄 대가보다 더 값지게 사용할 수도 있고, 또 어떻게 보면 그보다 못한 것일 수도 있다는 말에 고심했다.

협상가는 국방장관의 명령을 받고 한국 측 대표와 협상을 벌이려고 왔다.

솔직히 자신을 협상가이지 군인이 아니다.

그러니 한국이 내놓은 훈련 프로그램이 얼마나 대단한 것인지는 모른다.

하지만 자신들이 제공해야 하는 물건의 가치는 너무나 잘 알고 있다.

5억 달러라는 천문학적인 금액을 들여서까지 과연 미군이 가져야 할 것인지 아직도 확신이 서지 못했다.

자신이 들은 정보로는 지금 협상을 벌이기도 힘든 내용이었다.

그저 한국군에서 넘어온 정보 중에 한국군이 극비로 양성하는 부대가 있는데, 그들은 기존 특수부대와 다른 훈련 프로그램을 가지고 비밀리에 양성하고 있고, 전투력 측정 결과 2개 팀만으로 특수부대 대대와 맞먹는 전력을 보였다는 것이다.

비록 한국의 특수부대가 자국의 특수부대의 전력과 비교해 조금 낮기는 하지만 그래도 세계적으로 정평이 나 있는 수준급의 전투력을 가지고 있다는 것을 알고 있다.

그런데 그런 부대가 단 12명에게 전멸을 했다는 것이 도저히 믿기지 않으면서도 그들만의 훈련 프로그램이 궁금해졌다.

그런 와중에 이렇게 5억 달러나 되는 금액 상당의 물건을 요구하는 것만 봐도 충분히 가치가 있어 보이기도 했다.

그래서 협상가는 지금 어떻게 판단을 할지 갈피를 잡을 수가 없었다.

어떻게든 비밀은 알아내야 하는데 가치를 좀 더 낮추라는 명령이 없었다면 그냥 속 편하게 협상을 마무리하고 싶기도 했다.

전현 양보를 하지 않는 눈앞의 인물 때문에 협상은 너무도 피곤했다.

"잠시만 기다려 주십시오."

협상가는 성환에게 양해를 구한 후 협상 장에서 벗어났다.

그가 밖으로 나간 이유는 더 이상의 협상 진행이 힘들기에 자신에게 명령을 내린 국방장관에게 보고를 하기 위해서다.

너무도 확고한 성환에게서 양보를 얻어 낼 수 없으니 이에 대한 보고를 해야만 책임을 면할 수 있었다.

성환은 그런 미국의 협상가를 잠시 지켜보았다.

이미 그들의 수는 성환의 머릿속에 다 그려지고 있었다.

그리고 성환은 그들이 어떤 조건을 들고 나오더라도 자신의 생각을 뒤로 미룰 생각이 없었다.

◆　　◆　　◆

한편 미군은 성환과 협상을 하면서도 계속해서 한국에 압력을 행사하고 있었다.

하지만 한국에서도 육군 참모 총장인 이기섭 총장이 이미 성환에게 모든 것을 일임했다며 고집을 부리고 있어 아무런 진척이 없었다.

"이보시오, 이 총장! 군이 가지고 있는 그것이 어떤 것인지 모르지만 혈맹인 미군에 무리한 요구만 하지 말고 그냥 원만하게 협상을 합시다."

"그럴 수 없습니다. 왜 우리가 그래야 합니까? 저들은 동맹인 우리에게 좋지도 않은 무기를 팔 때도 일본이나 대만보다 비싸게 팔고 있는데 무엇 하러 그럽니까?"

"그건 잘못된 정보입니다. 일본이나 대만에 판 것은 모델은 같은 모델이지만, 우리나라에 판매한 것이 최신형이지 않습니까?"

"그렇습니다, 총장님! 현재 교섭을 하고 있는 그가 너무 무리한 요구를 하고 있습니다. 자그마치 5억 달러입니다. 아무리 저희라고 하지만 그건 너무 무리한 요구입니다."

여당의 강영섭 의원과 한미연합 사령관은 이렇게 이기섭 총장을 불러 사석에서 어르고 달래며 미국에서 협상을 벌이고 있는 성환에게 협상 조건을 낮출 것을 종용하고 있었다.

"그렇게 무리라면 협상을 하지 않으면 되는 것 아닙니까?"

"아니, 이 총장! 이러기요? 당신의 말은 지금 한미 두 나라의 관계를 생각지 않은 무책임한 발언이란 것을 알고 하는 말이오?"

강영섭 의원은 이기섭 총장의 협상 결렬 발언에 한미연합 사령관 로버트 대장이 나서기도 전에 화를 내며 이기섭 총장에게 호통을 쳤다.

참으로 어이없는 광경이었다.

도대체 어느 나라 국회의원인지 자신의 조국보다 미국을 편들며 나서는 모습이 이기섭 총장의 심기를 어지럽혔다.

굳어지는 이기섭 총장의 표정을 읽은 로버트 사령관은 얼른 술병을 들어 이기섭 총장의 잔에 따르며 말을 했다.

"자자, 너무 이야기가 과열된 것 같으니 일단 술 한 잔 들고 차분히 이야기합시다."

분위기를 바꿔 보려는 로버트 사령관의 말이 있었지만, 이미 강영섭 의원의 발언으로 기분이 상한 이기섭 총장의 표정은 돌아올 길이 없었다.

그런 이 총장의 모습을 보며 로버트 사령관은 이미 일은 물 건너갔다는 것을 깨달았다.

자신들의 일에 적극적으로 협조하는 강영섭 의원을 데려온 것이 실책이었다.

다른 때야 이자가 도움이 되었지만, 지금은 전적으로 자신들이 불리하고, 또 한국군은 사실 자신들이 대가로 지불할 물건이 있어도 그만, 없어도 그만인 상태이지 않은가?

한국의 방탄복은 일부이기는 하지만 자국 군에서도 수입해 사용하고 있었다.

가격이 싸면서도 신뢰도가 높기에 비싸기만 한 자국의 방탄복 보다 더 선호하였다.

'이런 작자들이 있으니 우리나라가 이 모양, 이 꼴이지!'

이기섭 총장은 강영섭 의원을 잠시 흘겨보다 자신의 앞에 있는 술잔을 들어 단숨에 비웠다.

어떻게 해서든 미국에 잘 보이기 위해 나라야 어떻게 되든 말든 신경도 쓰지 않는 강영섭과 같은 위인을 하루라도 척결하고 싶은 마음뿐이었다.

이런 생각이 들자 이기섭은 전에 정보사령부 중령이 기획한 프로젝트가 생각났다.

'하루라도 빨리 프로젝트를 진행해야지 안 되겠군……'

강영섭은 그런 이기섭 총장의 생각도 모르고 자신의 말을 듣지 않는 이기섭 총장을 노려보았다.

❖   ❖   ❖

"어떻게 하시겠습니까? 전 더 이상 협상을 할 생각이 없는데."

성환은 미국 측 협상가가 들어오자 선수를 쳤다.

어떤 말로 협상을 질질 끌어 봐야 피곤한 일이니 그만 끝내기로 마음먹은 것이다.

"휴, 뭐가 그리 급하십니까?"

협상가는 성환의 말을 듣자 얼른 자리에 앉으며 말을 했다.

이미 국방장관에게 보고를 하고 한국의 협상가가 이미 마음을 굳히고 있어 흔들리지 않는다는 보고를 했다.

결국 더 이상 진척이 없다는 보고에 그냥 그대로 협상을 진행하기로 했다.

이미 협상을 마무리하라는 지시를 받았기에 편안한 마음으로 마무리하기 위해 그는 성환을 보며 웃으며 말했다.

"한국 측 요구를 수용하기로 하겠습니다. 그런데 우리가 귀측의 요구를 수용하면 어떻게 우리에게 그것을 전해 줄 것입니까?"

이제는 자신들이 자신들의 요구를 충족시킬 방법에 대해 물었다.

그런 물음에 성환은 협상의 주제가 된 훈련 프로그램의 중요성을 들어 미군 훈련병을 파견하라는 말을 하였다.

"한국군 내에서도 이 프로그램은 소수만 알고 있는 극비입니다. 외부 유출을 할 위험이 있으니 미군에서 배울 병사를 보내 주시기 바랍니다. 보내 주실 병사의 수는 20명입니다."

"아니, 그건 너무 적은 숫자 아닙니까?"

성환의 말에 갑자기 협상가는 불만을 토로했다.

하지만 성환은 그런 협상가를 보며 말을 했다.

"그 이상의 숫자는 집중적으로 가르칠 수가 없습니다. 그래도 되겠습니까?"

성환의 말에 협상가는 잘 이해가 가지 않았지만 성환이 그리 주장을 하니 듣지 않을 수도 없었다.

"저희가 미군에 넘길 것은 고대 동양의 철학이 담긴 정통 무술입니다. 그것을 단시일에 습득하게 하기 위해선 철저한 맨투맨으로 교육을 해야 하는데, 많은 인원을 가르치다 보면 소홀해질 수도 있습니다. 그렇게 하시겠습니까?"

그 또한 성환의 설명에 어쩔 수 없이 수용할 수밖에 없었다.

"알겠습니다. 그렇게 하지요."

"잘 생각하셨습니다. 솔직히 저희도 너무나 비용이 많이 들어 소수만을 양성할 뿐인데, 이렇게 미군까지 가르치게 되어 사실 복잡한 심정입니다."

별로 중요한 말은 아니지만 어느 정도 진실을 섞어 이야기를 하니 미군 측 협상가는 눈을 반짝이며 뭔가 비밀을 알아냈다는 생각에 고개를 끄덕였다.

이로써 성환과 그의 협상은 마무리가 되었다.

사실 미군으로서는 한국이 뭔가 비밀을 가지고 부대를 양성한다는 것이 무척이나 꺼림칙했다.

그래서 무리하게 협상을 진행하면서 한국이 가진 비밀부대에 관한 것을 알아보려고 힘 썼다.

그리고 이렇게 생각지 못하게 정보를 취득하게 되었다.

한편 성환은 성환 대로 협상을 통해 미국이 한국을 의심의 눈초리로 보는 것이 걱정이 되어 강경하게 나가면서도 나중에는 약한 모습을 보인 것이다.

너희가 생각하는 비밀부대가 있긴 하지만 많은 숫자를 보유하지 못했기에 양성 프로그램을 너희에게 넘기면서 보상으로 기존의 특수부대의 전력을 높이기 위해 특수 방탄복을 구입한다, 라는 모습을 보인 것이다.

3.
오렌지카운티의 총격 사건

미국 캘리포니아 남부 LA와 샌디에이고 사이에 있는 오렌지카운티.

40마일에 이르는 아름다운 해안이 있어 관광업이 크게 발달한 곳이다.

또 일광욕과 서핑으로 유명하여 '서퍼 시티'라고 불리며 세계 최고 수준의 서핑 대회가 열리는 장소이기도 하다.

성환이 이곳을 찾은 것은 이곳 오렌지카운티에 있는 세인트 조나단 예술학교에 다니는 수진을 만나기 위해서다.

1달의 기간 동안 플로리다 주에 속한 올랜도에서 레인져들을 교육시키고 다른 교관과 헤어져 수진을 마나러 서부인 캘리포니아까지 날아왔다.

올랜도에서 조지아로 그리고 거기서 다시 오렌지카운티로 장시간 비행을 하고 조카를 보러 온 것이다.

"흠, 확실히 공기가 맑구나!"

성환은 공항에 내려 숨을 들이마시다 이렇게 말을 내뱉었다.

확실히 이곳 오렌지카운티의 공기는 다른 도시들과 다르게 참 맑았다.

캘리포니아에서 3번째로 많은 인구가 있다고 하지만 이곳의 크기가 작은 동네도 아니기에 그리 인구가 밀집되어 있다는 생각이 들지는 않았다.

1월이긴 하지만 그렇다고 춥다는 생각은 들지 않았다.

"흠, 시간이 어떻게 되지?"

시계를 들여다 본 성환이 시간을 확인하니 아직 시간이 일렀다.

오전 시간이라 수진이 아직 수업을 받을 시간이었다.

그래서 잠시 주변을 살펴보기로 했다.

수진의 학교인 세인트 조나단 예술학교는 공항에서 20분 거리에 있었다.

그런데 수진이 있는 학교로 접근을 하는데 이상한 것이 포착이 되었다.

그건 바로 멀리서 총성이 울린 것이다.

공항에서 택시를 타고 가는 중이지만 군인인 성환이 총소리를 분간하지 못할 리 없었다.

특히나 성환은 총기와 가까운 특수부대 교관이 아닌가?

성환은 총소리가 들리자마자 택시 기사에게 말을 해 목적지인 세인트 조나단 예술학교에 도착하기 전에 택시에서 내렸다.

◈　　◈　　◈

션 맥컬린은 그동안 미루어 오던 일을 실행하기로 결정했다.

자신을 괴롭히는 빌리 일당에게 한 방 먹이기로 한 것이다.

그래서 아버지가 수집하는 총들 중에서 몇 개를 꺼냈다.

물론 아버지의 수집품들은 모두 보관함에 봉인이 되어 있었지만, 션은 보관함 열쇠가 있는 위치를 알기에 전혀 문제가 되지 않았다.

아침 일찍 부모님은 모두 출근을 했는지 보이지 않았다.

언제나 이랬다.

자신이 주변을 인식했을 때부터 자신의 주변에는 아무도 없었다.

분명 아버지와 어머니가 있긴 하지만 그들의 얼굴을 볼

기회는 별로 없었다.

가끔 전화로 뭔가 이야기를 하기도 하지만 션의 귀에는 그 말이 들어오지 않았다.

그러다 보니 션은 자연스럽게 소심한 아이가 되었다.

성격이 소심해지다 보니 션은 학교에서도 언제나 또래 아이들과 어울리지 못하고 헛돌기 시작했다.

그건 초등학교를 졸업하고 고등학교에 올라가서도 마찬가지였다.

성격 문제로 션을 괴롭히는 아이들도 생겨났다.

초등학교 때는 그래도 학교에 선생님들이 아이들을 지켜보기 때문인지 괴롭히는 것이 덜했는데, 고등학교에 진학을 하니 그러지 못했다.

이미 덩치는 일반 성인과 다름없어진 아이들은 소심하고 또 덩치도 왜소한 션을 타깃으로 괴롭히기 시작했다.

수업 시간에 뒤에서 션의 뒤통수에 종이 뭉치를 던지는 것은 물론이고, 체육 활동 시간에는 션을 들어 쓰레기통에 집어넣는 장난도 서슴없이 하였다.

뿐만 아니다. 성에 눈을 뜬 아이들은 션을 발가벗겨 여학생 탈의실에 집어넣기도 하였다.

그 때문에 창피해 한동안 학교를 가지 않았다.

하지만 션의 부모는 그것도 모르고 있었다.

그 모든 장난의 중심에 빌리 사이먼이라는 축구부 주장

이 있었다.

선과 반대로 덩치도 크고 학업 성적도 우수한 우등생.

누구나 우러러보는 우상과도 같은 그런 존재였기에 학교에서는 빌리가 션을 괴롭힌다는 말을 믿지 않았다.

션이 아무리 학교에 설치된 정신과 상담을 통해 말을 해도 션의 말은 받아들여지지 않고, 오히려 모범생을 질투해 모함을 한다는 소문이 학교에 퍼지게 되었다.

그 때문에 빌리의 친구들에게 붙들려 흠씬 두들겨 맞기도 했다.

션은 더 이상 참지 못하고 오늘 생각으로만 가지고 있던 일을 결행하기로 했다.

뉴스에서 청소년의 총기 사고가 빈번하게 나오고 있지만, 션은 그들의 심정을 이해하게 되었다.

그들도 자신처럼 괴롭힘을 당하다 그 지옥과도 같은 현실을 빠져나가기 위해 그런 일을 결행했을 것이란 생각을 하게 되었다.

"오늘이면 난 지옥에서 탈출을 하는 거야!"

자기 암시를 걸듯 션은 아버지의 서재 책상 서랍에서 총기 보관함 열쇠를 찾아 꺼냈다.

그리고 열쇠를 가지고 서재 벽에 설치된 총기 보관함으로 갔다.

강화유리와 철제 케이스로 만들어진 보관함에는 다양한

총들이 보관되어 있었다.

총기 마니아인 션의 아버지는 다양한 총을 소장하고 있었는데, 션은 그중에서 2자루의 소총을 꺼냈다.

자신도 아버지를 따라 사격장에 가서 한 번 쏴 본 경험이 있는 것이었다.

AR—15로 우리가 흔히 아는 M—16.

더욱이 션의 아버지가 수집한 AR—15는 해병대 특수부대에서 사용하는 M4모델을 민수용으로 주문 제작한 것이라 여행용 스포츠 백에 충분히 들어가는 크기였다.

M4와 또 다른 형태의 AR—15를 가방에 넣고 나오려던 션은 보관함 귀퉁이에 있는 작은 상자가 눈에 띄었다.

이상하게 눈길이 가는 작은 상자를 꺼내 책상 위에 올려놓고 상자 안을 살펴보았다.

그리고 상자 안에 있던 것을 확인한 션은 눈을 반짝였다.

션이 눈을 반짝이면 본 상자 안의 물건은 서부 영화에 자주 등장하는 리볼버 권총으로 콜트 SAA로 불리는 권총이었다.

이 총의 또 다른 이름으로는 피스메이커란 이름이 있을 정도로 서부 개척 시대에 많은 이들의 사랑을 받는 총이었다.

션의 아버지는 엄청난 고가에 진품 콜트 싱글 액션 아미를 구입해 보관하고 있었는데, 지금 션은 그것을 꺼내 들어 보았다.

콜트 싱글 액션 아미의 총신은 션을 홀리기라도 한 듯 션은 총에서 눈을 떼지 못했다.

◆　　◆　　◆

수진은 아침부터 무척이나 흥분이 되었다.

어젯밤 삼촌과 통화를 하였다.

그리고 통화 중 삼촌이 오늘 도착한다고 했다.

이 세상 유일한 자신의 보호자인 외삼촌을 기다리는 수진은 마치 아기 새가 노래를 하듯 재잘거리며 방 안을 쏘다녔다.

"수진아! 그만하고 얼른 준비해!"

"알았어요. 곧 나가요."

아래층에서 현재 자신의 신변을 보호해 주고 있는 진희언니의 부름에 대답을 하고 얼른 1층으로 내려갔다.

"언니, 뭐가 그리 급해."

"이것아, 도대체 오늘 무슨 일이 있기에 아침부터 이렇게 들떠 있는 거야?"

"후후, 그럴 일이 있지."

"왜, 네가 좋아하는 남자애가 네 고백을 받아들이기라도 했냐?"

말을 하면서도 싱글벙글한 수진을 보며 진희는 농담처럼
말을 했다.

"그런 것 아냐! 그냥 오늘 삼촌이 온다고 했단 말이야!"

수진이 진희의 말에 놀라 얼른 외삼촌 때문이란 말을 하
자 진희의 눈아 동그래졌다.

"리, 리얼리?"

진희의 잘 굴러가지 않는 콩글리쉬를 들으며 수진은 배
를 잡고 웃었다.

"하하하, 언니, 그게 뭐야!"

"왜? 내 발음이 그리 좋냐!"

진희도 자신의 조크가 통한 것에 미소를 지으며 수진을
보았다.

사실 그동안 진희를 수진을 보호하면서 그녀의 행동이나
상태를 수시로 체크를 했다.

이것은 모두 수진의 외삼촌인 성환이 부탁한 것이고, 또
수진을 상담한 정신과 의사의 말이기도 했기에 수시로 수
진의 상태를 관찰했었다.

겉으로는 아무렇지 않은 듯했지만, 진희가 오랜 시간 지
켜본 결과 수진이 겉으로는 아무렇지 않게 행동 속에는 많
은 아픔이 있다는 것을 알게 되었다.

TV나 영화를 보며 웃어도 그 웃음 속에는 진실이 담겨

있지 않았다.

그도 그럴 것이 유일한 보호자였던 엄마가 눈앞에서 괴한에게 살해당하는 것을 목격했으니 아니 그렇겠나?

그런 걸 생각하면 수진은 참으로 강한 아이였다.

이제 겨우 17살의 어린 나이에 아니, 해가 바뀌었으니 이젠 18살이지만 아직 미성년.

그런 아이가 그런 고통을 받고도 잘 극복하고 있는 모습에 다행이란 생각이 들었다.

처음 오빠에게서 수진의 신변 보호를 부탁받았을 땐 귀찮은 일을 맡았다는 생각을 했었다.

하지만 지금에 와서는 그런 생각은 태평양 바다 한가운데 갖다 버렸다.

그리고 오늘 아침부터 뭔가에 들떠 흥분해 있는 수진을 보며 농담을 건네기도 했다.

평소라면 자신의 농담에 별다른 대꾸를 하지 않고, 그저 자신이 물어본 것이나 간단하게 대답을 했을 텐데, 오늘은 그렇지 않고 농담도 받아 주고 또 자신의 말에 소리 내어 웃기도 했다.

참으로 많은 변화가 있었다.

그런데 그 이유가 자신의 외삼촌이 온다는 사실 하나로 이렇게 변한 수진의 모습에 진희는 속으로 어떻게 해야 할지 갈피를 잡을 수가 없었다.

혹시 수진이 자신의 외삼촌을 이성으로 보는 것은 아닌지 걱정이 되기도 했다.

"넌 다 큰 것이 삼촌이 그렇게 좋냐?"

"그럼, 난 이 세상에서 우리 외삼촌이 젤 좋아!"

"에구, 그러다 너 외삼촌과 결혼한다고 하겠다."

"하! 나도 그럴 수 있었음 얼마나 좋겠어, 하지만 그럴 수 없다는 것이 난 너무 슬퍼."

진희의 농담에 수진은 정말로 비련의 여주인공이 된 것처럼 동작을 하며 애절한 눈빛으로 진희를 보며 농담을 하였다.

"헐! 저것이 이젠 언니를 가지고 노는구나!"

"헤헤! 언니 늦었다. 어서 가자!"

수진은 더 이상 했다가는 진희에게 혼날 것 같아 얼른 자신의 가방을 챙겨 밖으로 나갔다.

집 밖에는 이미 시동이 걸려 있는 차가 정차되어 있었다.

그 차는 진희가 수진을 학교까지 태워다 줄 교통 수단이었다.

얼른 집에서 나와 조수석으로 들어가 앉는 수진의 모습을 보며 진희도 밖으로 나왔다.

◆　　◆　　◆

진희가 운전하는 차는 한참을 달려 세인트 조나단 예술
학교에 도착을 했다.

학교에 도착을 하자 차에서 내린 수진은 진희를 향해 인
사를 했다.

"언니! 끝나고 봐요."

"그래, 있다 보자!"

수진은 진희와 인사를 하고 학교로 들어갔다.

들어가는 입구에서 몇몇 여학생들이 수진을 향해 인사를
했다.

"헤이! 수진."

"안녕, 제인. 좋은 아침이야!"

"오우! 오늘은 수진이 기분이 좋은가 봐?"

"그러게, 아이스 프린세스께서 오늘은 무슨 바람이 불어
서 이리 기분이 좋을까?"

평소에는 친구들이 인사를 해도 단답형의 간단한 인사만
했었는데, 오늘은 어쩐 일인지 날씨까지 들먹이며 인사를
받았다.

그런 변화에 친구들이 수진의 곁으로 몰려들며 수진을
놀려 댔다.

"뭐, 기분 좋은 일이 있기는 하지."

"그게 뭔데?"

"그래 알려 줘!"

"비밀도 아니니 말해 줄게."

친구들이 자신의 몸을 움직이지 못하게 붙들고 간지럼을 태우자 수진은 간지러움을 참지 못하고 항복을 하였다.

"별거 아냐, 그냥 올랜도에 일을 마친 외삼촌이 날 보러 여기로 오시기로 했거든!"

"뭐야."

"별거 아니잖아."

"너희 우리 외삼촌을 무시하는 거야?!"

"오우, 노!"

짐짓 화내는 수진을 보며 수진의 친구들은 두 손을 흔들며 모션을 하였다.

"하하하하!"

수진이 이렇게 친구들과 가볍게 농담을 하며 학교로 들어가는 모습을 잠시 지켜보던 진희는 전보다 많이 밝아진 수진의 모습을 보며 안도의 한숨을 쉬며 차를 몰아 집으로 향했다.

하지만 집으로 향하던 진희의 차는 급하게 방향을 틀어 수진의 학교로 향할 수밖에 없었다.

그 이유는 인근에서 총성이 들렸기 때문이다.

◈   ◈   ◈

션은 학교에 도착하자마자 교실로 들어갔다.

교실에 도착한 션의 눈에 빌리의 모습이 보였다.

그리고 그 주변에는 그의 추종자인 브라운과 제이콥, 하킨스 등이 보였다.

축구부 주장이며 쿼터백인 빌리와 부주장인 러닝백인 브라운이 뭔가 이야기를 하고 있었다.

아마도 다음 시합에 관한 내용일 것이다.

션은 빌리가 있는 곳으로 조용히 다가갔다.

아직 자신이 다가가는 것을 눈치채지 못하고 브라운과 이야기를 하고 있는 빌리를 노려보며 션은 조심스럽게 점퍼에 감춰진 권총을 꺼냈다.

아직까지 션이 손에 총을 들고 있는 것을 알지 못하고 자신들만의 이야기로 떠들던 아이들은 잠시 뒤 벌어진 총성에 혼비백산(魂飛魄散)이 되었다.

빌리의 곁으로 다가간 션이 총을 겨누자 빌리의 곁에 있던 제이콥이 션을 발견하였다.

"뭐야, 찌질이!"

제이콥의 말에 다른 사람들도 션을 보게 되었다.

그런데 션의 손에 총이 들려 있는데도 이들은 별로 두려운 표정이 아니었다.

"왜? 또 어디서 장난감을 구해 왔나 보지? 오! 오늘은 그럴싸한데?"

"그러게 나 저거 영화에서 본 적 있어!"

아이들이 떠들고 있을 때 션은 긴장을 한 채 손이 떨고 있었다.

그런 션의 모습에 다시 아이들은 그런 션을 놀려 댔다.

"에구 떨고 있는 것 좀 봐라! 날씨가 춥지?"

떠는 모습을 가지고 아이들이 놀리자 션은 머릿속에서 뭔가가 끊어지는 느낌을 받았다.

툭!

그건 정말이지 션에게는 너무나 생소한 느낌이었다.

조금 전까지 들리던 아이들의 소리가 들리지 않았다.

마치 TV화면을 음소거한 것 같은 현상이 지금 션의 눈앞에 펼쳐졌다.

지금도 자신을 비웃으며 손가락질을 하는 아이들을 보며 션은 지금 이 순간이 현실 같이 느껴지지 않았다.

그런 생각이 들자 션은 주저 없이 방아쇠에 걸린 손가락을 당겼다.

권총의 방아쇠가 당겨지고 총구에서는 불꽃과 함께 총알이 발사가 되었다.

하지만 션의 귀에는 총성이 들리지 않았다.

총에 맞아 피를 흘리는 빌리의 모습이 보이긴 하지만 아무런 느낌이 들지 않았다.

자신이 총을 쏜 것 때문에 놀랐는지, 아니면 자신이 들고 있던 것이 진짜 총이란 것을 이제야 알게 되어 놀란 것인지는 모르지만, 자신을 비웃던 아이들이 경악한 모습이나 공포에 절어 있는 모습을 보니 갑자기 기분이 좋아졌다.

션은 이 기분을 계속해서 느끼고 싶어졌다.

그래서 공포에 떨며 주저앉은 제이콥을 향해 총을 발사했다.

떨고 있던 제이콥도 금방 빌리와 같이 피투성이가 되었다.

"꺄악!"

"저 새끼 미쳤어!"

"엄마야!"

교실 안에서 총성이 울리자 떠들고 있던 아이들이나, 복도를 지나던 학생과 교직원들 할 것 없이 모두 비명을 질렀다.

우당탕탕!

요란한 소리가 울리고 책상과 의자, 교탁이 쓰러지는 소리가 들렸다.

하지만 션은 자신이 쏜 총에 맞아 바닥에 쓰러져 신음을 하고 있는 빌리와 제이콥을 보며 미소를 지었다.

"빌리! 제이콥! 재밌지?"

자신들에게 총을 쏘고 환하게 웃는 션을 보며 빌리와 제이콥은 눈물을 흘리며 애원을 했다.

"션, 잘못했어! 제발 살려 줘! 우리가 잘못했어, 제발!"

"살려 줘!"

하지만 현재 션의 귀에는 이런 두 사람의 목소리가 들리지 않았다.

이미 눈이 풀려 정신이 돌아 버린 션의 귀에는 주변의 아무 소리도 들리지 않았다.

그저 션의 눈에 입만 벙긋거리는 모습이 어항 속에 있는 물고기 같다는 생각에 너무나 웃겼다.

션은 고개를 돌려 아직 도망치지 못한 브라운과 하킨스를 보았다.

그리고 주저 없이 방아쇠를 당겼다.

탕! 탕!

또 다시 두 발의 총성이 울리고 브라운과 하킨스가 쓰러졌다.

하지만 이번엔 불행하게도 하킨스는 머리에 총을 맞아 그 자리에서 즉사를 하였다.

다만 브라운은 팔에 총을 맞고 쓰러지면서 교실을 벗어났다.

두 사람이 쓰러지는 모습을 본 션은 고개를 돌려 아직도 자신을 보며 뭐라고 중얼거리고 있는 빌리와 제이콥을 보다 총을 들어 그들의 얼굴에 대고 총을 쐈다.

탕! 탕!

다시 한 번 두 발의 총성이 울리고 빌리와 제이콥의 움직임이 멈췄다.

찰칵! 찰칵! 찰칵!

션은 두 사람의 움직임이 멈췄지만 계속해서 방아쇠를 당겼다.

하지만 이미 권총에 장전되어 있던 총알을 모두 소모되었는지 더 이상 총은 불을 뿜지 않았다.

하지만 청력에 이상이 생긴 션의 귀에는 아무 소리도 들리지 않기에 계속해서 방아쇠를 당겼다.

그러다 어느 순간 빌리와 제이콥이 죽었다는 것을 깨달은 션은 두 사람의 시체를 멍하니 바라보았다.

"죽었네!"

아무런 감정도 실리지 않은 목소리로 두 사람을 보다가 몸을 돌려 조금 전 총에 맞아 쓰러진 하킨스와 브라운을 찾았다.

그런데 뒤돌아 두 사람을 찾던 션의 눈에 하킨스의 시체는 보였지만 브라운의 모습은 보이지 않았다.

그제야 션의 정신이 현실로 돌아왔다.

그리고 주변에서 비명 소리가 들려왔다.

또 요란하게 울리는 비상벨 소리도 들렸다.

"브라운은 어디로 간 거지?"

현실을 깨닫긴 했지만 사라진 브라운에 대한 분노가 더 컸는지, 션은 브라운을 찾았다.

교실을 나오니 복도에 떨어진 핏자국이 보였다.

브라운의 흔적을 찾은 션은 손에 들고 있던 권총을 바닥에 버렸다.

수집가들 사이에서는 콜트 싱글 액션 피스메이커가 고가의 수집품이지만, 현재 션에게는 그저 총알 떨어진 짐 덩이었다.

권총을 버린 션은 가방에 챙겨온 M4와 AR—15를 꺼냈다.

멜빵을 어깨에 걸치고 소총 두 자루를 양손에 한 자루씩 들었다.

그리고 핏자국을 따라 브라운을 찾기 시작했다.

◈　　◈　　◈

성환이 총소리를 최초 듣고 뛰기 시작해, 수진이 다니는 세인트 조나단 예술학교에 도착하기까지 5분도 걸리지 않았다.

택시로 10분 정도를 더 가야 했지만 모든 것을 모시하고 최단거리로 뛰다 보니 절반의 시간을 절약한 것이다.

그런데 사실 보통 사람이라면 아무리 세인트 조나단 예술학교까지 가는 길이 조금 돌아가는 길이라고는 하지만 10분 정도나 남은 거리가 있는데, 그 먼 거리에서 총성을 듣는다는 것은 말이 되지 않는 능력이었다.

하지만 이미 인간의 능력을 벗어난 성환이지만 아주 작은 총성, 10㎞나 떨어진 곳에서 난 총성을 듣는다는 것은 극히 드문 경우다.

아마도 이건 유일한 피붙이인 수진에 대한 걱정 때문이 아닌가 한다.

아무튼 총기 사고가 빈번한 미국에서 수진이 있는 학교 방향에서 총성이 들렸다는 것 하나 때문에 급하게 택시에서 내려 길을 가로지른 성환은 수진이 다니는 학교로 가 보았다.

하지만 그곳으로 들어가는 모든 길은 경찰들에 의해 폴리스라인이 설치가 되어 있었다.

폴리스라인으로 성환이 가까이 다가가자 경찰이 다가와 저지를 하였다.

◈　　◈　　◈

톰 베진저 경위는 조용한 오렌지카운티에 총기 사고가 발생했다는 신고에 급하게 출동을 하였다.

그가 현장에 도착했을 때는 이미 인근 지역의 경찰서에도 신고가 들어갔는지 많은 경찰들이 폴리스라인을 설치하고 주변을 통제하고 있었다.

"톰! 뭐하느라 이리 늦었어?"

톰은 현장에 조금 늦게 출동을 했는데, 그건 그가 아침에 출근을 하면서 항상 습관처럼 동킹하우스에서 막 뽑은 커피를 먹는 버릇이 있었다. 문제는 오늘도 그곳을 들렸다 무전을 늦게 받아 출동이 늦은 것이었다.

"아, 그게…… 커피 한잔 뽑는 바람에 좀 늦었네, 그런데 현장은 어때?"

톰은 자신이 늦은 이유를 파트너인 존에게 설명하며 상황을 물었다.

"그게 좋지 않아. 최초 사고가 있던 교실에 있다 빠져나온 학생들의 말에 의하면 현장에서 범인이 쏜 총에 사상자가 발생했다고 해……."

"뭐? 그런데 자네 표정이 왜 그래? 무슨 일 있어?"

자신의 물음에 대답을 하던 존의 표정이 어두워 이유를 물었다.

존의 표정은 당장이라도 울 것 같아 보였다.

뭔가에 대해 무척이나 걱정을 하고 있는 표정이어서 물어보지 않을 수가 없었다.

"그게 사상자가 난 학교가 내 아들이 다니는 학교야. 혹시 션에게 무슨 일이 생긴 건 아닌지 걱정이 돼서."

"뭐라고?"

톰은 최초 사건이 발생한 곳이 파트너 존의 아들이 다니는 학교라는 말에 깜짝 놀랐다.

톰은 자신의 맡은바 일에 충실한 존의 성격상 가족들과 많은 시간을 함께 보낼 수는 없지만, 그가 얼마나 가족을 사랑하는지 너무나 잘 알고 있는 남의 일 같지 않았다.

"여기 이렇게 있어도 되겠어?"

"그럼 어쩌겠어, 이게 우리 일인데……."

이럴 때면 존이 답답해 보이지만 그게 또 존의 매력이기에 톰은 고개를 흔들 수밖에 없었다.

"알았다. 일단 다른 피해자가 발생하지 않게 주변을 잘 통제하자고."

톰은 그렇게 말을 하며 주변을 통제하기 시작했다.

총기 사고가 빈번하는 미국이다 보니 경찰들은 매뉴얼대로 추가 피해가 발생하지 않게 주변에 있는 사람들을 대피시키고, 사고 현장에 사람들이 접근하지 못하게 통제하기 시작했다.

그렇게 한참을 주변을 통제하고 있는데, 군인 한 명이 폴리스라인이 쳐진 곳을 지나쳐 들어오려는 것이 보였다.

군복을 입고 있는 남자는 동양인으로 생소한 계급장을 달고 있어 계급이 어떻게 되는지는 모르겠지만 아무튼 강렬한 느낌을 주는 사람이었다.

하지만 그렇다고 총기 사고가 발생한 현장에 이 사람을 들여보낼 수는 없어 막았다.

"스톱! 이곳은 총기 사고가 발생한 곳입니다. 접근할 수가 없습니다."

❖   ❖   ❖

"스톱! 이곳은 총기 사고가 발생한 곳입니다. 접근할 수가 없습니다."

성환은 자신의 앞을 막아서는 경찰을 보며 말을 하였다.

"안으로 들여보내 주시오."

하지만 경찰은 성환의 요구를 들어주지 않았다.

"들어올 수 없습니다. 여긴 사고 현장입니다. 안전을 위해 안전 구역으로 대피해 주시기 바랍니다."

"안에 조카가 있습니다. 조카의 안전을 확인하기 전까지는 물러설 수 없습니다."

성환은 경찰의 저지에 자신이 안으로 들어갈 수밖에 없는 이유를 설명했다.

하지만 그렇다고 미국 경찰이 들어준다는 보장이 없었지만, 그래도 자신이 할 수 있는 모든 방법을 동원해 설명을 하였다.

"이 세상에 이제 유일하게 남은 혈육입니다. 조카의 안전을 확인하면 나오겠습니다."

너무도 절실한 성환의 설명에 마음이 움직였는지 성환을 막고 있던 경찰이 잠시 조카의 이름을 물었다.

"규정상 들여보낼 수가 없으니 일단 조카 분의 이름을 알려주시기 바랍니다. 그러면 제가 안전지대로 대피시킨 사람들 속에서 조카 분이 있는지 알아봐 드리겠습니다."

"이수진, 이수진입니다. 세인트 조나단 예술학교에 다니는 한국 유학생입니다."

성환은 경찰의 말에 얼른 수진의 이름을 알려 주었다.

그나마 다행이라면 수진이 세인트 조나단이 사고 현장과 떨어진 곳이란 말에 조금은 안심했다.

◈　　◈　　◈

"들어올 수 없습니다. 여긴 사고 현장입니다. 안전을 위해 안전 구역으로 대피해 주시기 바랍니다."

"안에 조카가 있습니다. 조카의 안전을 확인하기 전까지는 물러설 수 없습니다."

톰은 눈앞의 동양인 군인의 확고한 말에 인상을 구겼다.

너무나 간절해 보이는 동양인의 모습에서 조금 전 사고 현장에서 본 파트너 존의 모습이 겹쳐 보였다.

존도 아직 자신의 아들의 생사를 몰라 안절부절 못하고 있는데, 지금 이 동양인도 자신의 조카의 안전을 확인하지 못한 모습이 비슷해 보여 측은해졌다.

더군다나 이 세상에 유일한 혈육이라고 하지 않는가?

"규정상 들여보낼 수가 없으니 일단 조카분의 이름을 알려 주시기 바랍니다. 그러면 제가 안전지대로 대피시킨 사람들 속에서 조카분이 있는지 알아봐 드리겠습니다."

"이수진, 이수진입니다. 세인트 조나단 예술학교에 다니는 한국 유학생입니다."

규정에 어긋나지만 일단 동양인을 폴리스라인 밖에서 대기하라는 말을 하고 톰은 자신의 차로가 무전을 날렸다.

◈　　◈　　◈

자신과 약속한 경찰이 무전을 날리기 위해 경찰차로 가는 것을 지켜보았다.

비록 몇 미터 떨어져 있는 것이 아닌데도 그가 가는 그 몇 초의 시간이 여삼추(如三秋)였다.

그런데 성환이 자신을 막던 경찰이 수진의 안전을 확인하러 갈 때, 경찰 무전이 날아오는 것을 들었다.

— 치직! 치치, 치직! 긴급 사태! 긴급 사태! 총을 든 용의자가 세인트 조나단 예술학교로 들어갔다. 다시 한 번……

성환은 경찰의 무전으로 들리는 소리에 눈이 번쩍였다.

세인트 조나단이라면 조카 수진이 다니는 학교.

그곳으로 총을 든 범인이 들어갔다는 말에 그냥 기다릴 수가 없었다.

성환이 일반인들의 접근을 막는 폴리스라인을 넘어 안으로 들어왔지만 무전을 듣고 긴장하고 있던 톰은 그런 성환을 보지 못했다.

그도 그럴 것이 세인트 조나단은 지금 톰이 있는 구역에서 한 블록밖에 떨어져 있지 않기 때문이다.

이 때문에 잠시 세인트 조나단 쪽으로 한눈을 팔고 있을 때, 성환이 폴리스라인을 넘어 세인트 조나단으로 뛰어간 것이다.

그리고 그런 사실을 뒤늦게 깨달은 톰은 얼른 소리쳤다.

"이봐! 이봐! 멈춰!"

하지만 이미 수진의 안녕에 정신이 팔린 성환의 귀에 톰의 그런 고함은 전혀 들리지 않았다.

"이런, 제길!"

톰은 자신의 고함에 뒤도 돌아보지 않고 뛰어가는 성환의 모습에 인상을 쓰다 무전을 날렸다.

치직!

"방금 동양인 군인 한 명이 폴리스라인을 넘어 세인트 조나단 예술학교로 들어갔다. 다시 한 번 반복한다. 동양인 군인 한 명이 세인트 조나단으로 들어갔다. 그는 조카의 안전을 문의하던 중이었으며 비무장 상태이다."

—치직! 알았다.

"제길!"

톰은 성환을 막지 못한 것에 화가 났다.

아무리 그가 군인이라고 하지만 외국인에 비무장 상태.

만약 그가 여기서 총격으로 죽기라도 한다면 자신이 살고 있는 이 오렌지카운티의 명성에 흠이 가지 않을까, 걱정이 되었다.

솔직히 이곳은 미국의 여느 도시들과는 다르게 무척이나 한가로운 동네였다.

LA와 샌디에이고 사이에 있는 지역이긴 하지만 두 도시와 다르게 무척이나 조용한 곳이다.

남부 캘리포니아의 따스한 햇살에 파도를 타러 오는 서퍼들과 관광객들로 유명하던 곳이 오늘 벌어진 사건으로 이젠 총격 사건의 도시로 알려질 것만 같아 마음이 심란해졌다.

❖　　❖　　❖

한편 성환은 경찰 무전이 날아오자마자 바로 뛰었다.

경찰이 수진의 안전을 알아봐주겠다는 것을 기다리기 보다 범인이 들어갔다는 말에 마음이 급해진 때문이다.

성환의 눈앞에 SAINT JONATHAN CONSERVATOIRE(세인트 조나단 예술학교)라는 간판이 보였다.

"이곳이군."

작게 중얼거린 성환은 주변을 살펴보았다.

주위는 사람들이 전혀 보이지 않았지만, 뭔가 어수선한 느낌을 주었다.

예술학교라 그런지 운동장은 없고 교문 입구가 바로 학교 건물 입구였다.

입구를 지나 안으로 들어간 성환의 귀에 자신의 발걸음 외에 또 다른 이의 발걸음 소리를 들을 수 있었다.

아마도 범인의 것으로 추정되는 소리였다.

이미 인근에는 사고가 발생하자마자 경찰들이 출동해 대피를 했을 것이니 지금 움직이고 있는 사람이라면 아마도 범인이지 않을까, 하는 생각이 들었다.

그래서 일단 수진의 안전보다 방금 들어간 것으로 짐작되는 범인을 잡기로 결심했다.

괜히 수진을 찾는 바람에 길이 엇갈려 범인에게 수진이 해코지를 당할 수도 있기에 일단 범인을 붙잡은 뒤 수진을 찾기로 한 것이다.

마음의 결정을 한 성환은 결정을 하자마자 바로 행동에

들어갔다.

일단 범인이 어떤 무기로 무장을 하고 있는지 모르니 일단 조용히 소리가 들린 곳으로 접근을 하였다.

그런데 희한한 일은 성환이 범인의 것으로 보이는 발걸음을 따라가기 무섭게 성환의 발자국 소리가 들리지 않고, 건물 내에는 하나의 발자국 소리만 들렸다.

◆　　◆　　◆

자신을 따돌리고 괴롭히던 빌리 일당을 죽이고 도망친 브라운을 찾아 학교를 돌아다녔다.

그리고 과학실 캐비닛 안에 숨어 있던 브라운을 찾아내 처리하였다.

션은 자신을 괴롭히던 빌리 일당을 모두 죽이면 뭔가 해방감을 맛볼 것이라 생각했는데, 그것이 아니었다.

처음 빌리를 총으로 쏴 죽일 당시만 해도 뭔가 가슴을 누르던 것이 뚫리는 듯한 해방감을 느꼈지만, 지금 마지막 브라운까지 죽이고 나자 정신이 들었다.

정신이 돌아옴과 동시에 사람을 죽였다는 두려움이 션을 엄습해 왔다.

그리고 영화나 드라마에서 보면 그런 범인들이 경찰에 사살되는 장면을 어렵지 않게 볼 수 있다.

션은 자신이 경찰에게 사살되는 것이 뇌리에 상상되고……

그와 동시에 경찰인 아버지의 얼굴이 생각이 났다.

자주 얼굴을 볼 수는 없지만 어릴 때 자신을 무릎 위에 올리며 자신이 하는 일에 관해 설명을 해 주던 아버지의 모습.

그제야 자신이 무슨 짓을 했는지 어떤 잘못을 저질렀는지 생각이 났다.

조금 전까지만 해도 차가운 얼굴로 동급생인 브라운을 찾아 헤매던 모습이 아니라 겁에 질린 어린아이의 모습이었다.

이제 겨우 17살인 미성년인 션이 감당하기엔 자신이 벌인 일은 너무나 무거웠다.

그래서 무작정 교실을 빠져나와 다른 곳으로 이동을 했다.

하지만 이때 션은 도망을 치면서도 몸에서 총을 떼어 놓지 않았다.

그건 너무나 본능적으로 총이라도 없으면 죽을 것만 같은 공포감 때문이었다.

이 때문에 션은 총을 들고 있으면 더 위험하다는 생각도 못하고 무작정 총을 들고 교실을 나와 학교를 벗어났다.

하지만 자신이 벌인 일로 학교 인근이 모두 차단이 되었다는 것을 깨닫기까지 그리 오래 걸리지 않았다.

경찰을 아버지로 둔 션이기에 금방 주변에서 요란하게 울리는 사이렌 소리가 무엇을 언급하는지 깨달았다.

그래서 자신이 서 있는 곳에서 가장 가까운 학교로 들어갔다.

그리고 무작정 인질이 될 만한 사람을 찾았다.

그게 더 큰 범죄 행위라는 것도 현재 션의 상태로는 인식하지 못했다.

"흑, 이제 어떻게 하지…… 흑흑!"

션은 복도를 걸으며 울었다.

건물 안은 급하게 사람들이 빠져나간 것인지 책상과 의자가 어지럽게 흩어져 있었지만, 사람의 모습은 보이지 않았다.

❖   ❖   ❖

한편 성환은 범인으로 의심되는 사람의 발자국 소리를 따라 2층으로 올라갔다.

그런데 범인의 그림자를 확인한 다음 조심스럽게 접근해 범인을 살펴보고는 어이가 없었다.

전에 뉴스를 통해 학원 내 따돌림으로 속히 왕따를 당하던 학생이 집에 있던 총기를 가지고 학교에 찾아가 자신을 괴롭히던 학생을 쏴 죽였다는 뉴스를 접한 기억이 있었다.

그런데 지금 눈앞에 보이는 범인을 보니 딱 그 짝이었다.

범인은 이제 겨우 160㎝가 조금 넘어 보이는 왜소한 키의 소년.

자세한 얼굴은 확인하지 못했지만 복도 코너를 지날 때 언뜻 본 옆모습만 살펴보면 검은 뿔테 안경을 쓴 전형적인 공부만 파고든 공부 벌레 스타일의 아이였다.

그런 어린 아이가 어깨에는 무식한 M4를 메고 걸어가는 모습이 언발란스(unbalance)해 보였다.

"흑, 이제 어떻게 하지…… 흑흑."

이때 성환은 혼자 중얼거리는 소년의 목소리를 들었다.

자신이 벌인 일 때문에 어떻게 해야 할지 몰라 두려움에 떠는 소년의 중얼거림을 듣고 성환은 눈을 반짝였다.

성환이 생각하기에 아마도 소년은 집단 괴롭힘에 못 견디 일을 저질렀지만, 정신을 차리고 나선 자신이 벌인 사건을 감당 못해 방황하는 모습이었다.

'흠, 잘 만하면 저 아이가 피해 없이 제압이 가능하겠군!'

성환이 범인을 확인하고 또, 범인이 중얼거리는 소리를 듣고 그리 위험한 상황은 아니란 생각이 들었다.

다만 겁에 질린 소년 때문에 어떤 변수가 발생할지 모르기에 은밀하게 접근해 제압을 해야 했다.

소년이 모퉁이를 돌아가는 것을 확인한 성환은 옆에 보이는 교실 문을 열고 안으로 들어갔다.

그리고 가로질러 소년이 가려는 방향으로 접근해 내공을 운용해 소년의 기척을 살폈다.

뚜벅. 뚜벅.

소년이 걸어가는 발걸음 소리가 들렸다.

성환은 소년의 위치를 확인하고 창밖으로 몸을 빼냈다.

2층 창밖으로 나온 성환은 짧게 튀어나온 난간을 밟고 이동을 해, 소년이 가려는 방향을 앞질러 갔다.

소년은 본능적으로 자신의 안전을 위해 높은 곳으로 올라가고 있었다.

그것은 자신이 총을 들고 있으니 경찰 특공대가 출동할 것을 알고 있거나, 혹시라도 저격을 받을까 봐 높은 곳으로 이동하는 것이다.

이곳 세인트 조나단 예술학교는 인근에 있는 건물보다 층이 높았다.

션이 이렇게 높은 곳으로 오르려는 것은 사실 게임을 하면서 쌓은 경험 때문이었다.

학교에서 빌리 패거리들 때문에 따돌림을 당하고 혼자 집에서 지내는 시간이 많다 보니 컴퓨터 게임을 많이 하게 되었다.

그중에서도 아이들에게 받았던 스트레스를 풀기 위해 했던 FPS게임—1인칭 슈팅 게임—을 즐겼는데, 높은 곳에서 쏘는 저격수의 공격을 막기 위해서는 더 높은 곳으로 이동을 해서 숨는 것이 안전하다는 것을 알았다.

그래서 션은 두려움에 떨면서 건물 옥상으로 올라가는 것이다.

성환은 그런 션의 움직임을 읽고 건물 외벽을 타고 위로 올라갔다.

4.
히어로

ABS의 뉴스앵커 바바라 맥컬린은 오렌지카운티 고등학교에서 총기 사고가 발생했다는 소리에 정신을 차릴 수 없었다.

그건 그녀의 아들이 다니는 학교였기에 총기 사고가 발생했다는 말을 들었을 때, 심장이 쿵, 하고 떨어질 정도로 놀랐다.

그러면서 갑자기 요즘 들어 학교 가는 것을 싫어하던 아들을 달래던 어젯밤의 일이 생각났다.

하지만 이렇게 사고 소식에 정신을 놓고 있는 바바라에게는 시간이 없었다.

방송국 국장이 그녀에게 현장에 출동할 것을 명령했기

때문이다.

그 때문에 바바라는 카메라맨인 존스와 함께 방송국 옥상에 있는 방송용 헬리콥터에 올랐다.

분명 총기 사고가 발생했으니 인근 방송국에서도 현장 사진을 확보하기 위해 많은 사람들이 출동해 있을 것이다.

바바라는 일단 헬기를 타고 가면서 혹시 아들의 안전을 확인하기 위해 경찰인 남편에게 우선 전화를 하였다.

"여보세요, 존! 지금 어디에요?"

남편에게 전화를 건 바바라는 남편에게 아들 션의 안부를 물었다.

남편은 이미 사고가 발생하자 경찰 무전을 듣고 현장에 출동했다는 말을 들었기에 아들의 안부를 물었다.

하지만 남편에게서 들려온 말은 아들의 안부를 묻는 바바라에게 청천벽력과도 같은 소리였다.

"오 마이 갓! 노! 노! 노!"

갑자기 전화를 걸다 소리치며 울고 있는 바바라를 보며 그녀의 동료인 존스가 물었다.

"바바라! 무슨 일이에요?"

하지만 존스의 말에도 바바라는 초점이 흐린 눈으로 밖을 보며 계속해서 노! 라는 소리만 할 뿐이었다.

"이봐! 바바라! 바바라!"

옆에서 계속되는 존스의 물음에도 바바라는 하염없이 눈

물만 흘리고 있었다.

―바바라! 아무래도 사고를 친 범인이 우리 아들인 션인 것 같아!

바바라의 귀에는 조금 전 남편 존이 한 말이 메아리쳤다.

◈　　◈　　◈

바바라가 탄 헬기가 현장에 도착했을 때는 이미 주변에 몇 대의 헬기가 떠서 현장을 찍고 있었다.

하지만 현장 주변을 감시하기 위해 떠 있는 경찰 헬기를 방해하지 않기 위해 현장과는 조금 떨어져 멀리서 카메라로 촬영을 하고 있는 중이다.

"이곳은 이번 총기 사고가 발생한 오렌지카운티 고등학교입니다. 목격자들의 증언에 의하면……"

TV모니터에는 지상의 캐스터가 방송하는 모습이 보였다.

그런 화면이 보이자 바바라는 멍하니 있던 정신을 차리고 얼른 자신의 본분으로 돌아갔다.

비록 마음은 그렇지 않지만, 일단 지금은 프로의 정신으로 극복을 해야만 했다.

지상과 방송국, 그리고 자신이 타고 있는 헬기 삼 원 방송으로 진행이 될 이번 총격 사건을 방송하기 위해 바바라는 방금 전까지 눈물을 흘리던 것을 훔치고 마이크를 들고 카메라를 보았다.

그런 바바라의 모습에 존스는 살짝 고개를 갸웃거렸다.

—현장에 있는 바바라 나와 주십시오.

조그만 화면에 방송국에 있는 아나운서가 자신을 찾자 바로 바바라는 그 말을 받아 뉴스를 진행했다.

"사고가 발생한 오렌지카운티 고등학교 현장 상공에 나와 있는 바바라 맥컬린입니다. 저는 지금 헬리콥터를 타고 사고 현장 상공에 있습니다. 현장에는 많은 경찰들이 출동해 있으며, SWAT도 보이고 있습니다."

말을 하면서도 지상에 경찰 특공대의 모습이 보이자 바바라의 안색이 더욱 창백해지기 시작했다.

만약 일이 잘못된다면 자신의 아들은 저들에게 사살될지도 모른다는 생각에 안색이 나빠진 것이다.

사실 바바라는 경찰의 아내로서 그리고 뉴스 앵커로서 많은 정보를 듣고 있다.

그렇기에 저들 SWAT의 제복을 입고 있는 이들이 얼마나 무식하고 과격한지 너무도 잘 알고 있었다.

그냥 진압이 가능한데도 자신들의 특별함을 강조하기 위해 위험하지 않은 범인도 사살하는 경우도 있다는 말을 얼핏 들었다.

그 때문에 바바라의 심정은 지금 무저갱 속으로 떨어지는 것만 같았다.

비록 아들이 커 가면서 바바라도 예전 자신의 꿈을 이루기 위해 집안일보다는 방송국 일에 더욱 몰두하느라 아들과 함께 하는 시간이 줄었지만, 그렇다고 아들에 대한 관심과 애정이 식은 것은 아니었다.

그런데 지금 그런 아들이 무엇 때문인지 친구에게 총을 쏘고 또 주변을 배회한다는 말을 남편에게 전해 들었을 땐 정말로 암담했다.

한참 이런저런 생각을 하며 마음과 다르게 객관적인 말투로 사고 현장을 중계하는 바바라, 이때 현장을 향해 카메라를 돌려 현장을 담고 있던 카메라맨 존스가 새된 목소리로 소리쳤다.

"오 마이 갓! 바바라! 저것 좀 봐!"

존스의 고함소리에 바바라는 존스가 가리키는 곳을 향해 고개를 돌렸다.

"왜?"

"저기 학교 옥상에 학생들의 모습이 보이는데요. 그런데 반대편에 범인으로 보이는 사람이 올라왔습니다."

그녀가 고개를 돌린 곳은 아들이 다니고 있는 오렌지카운티 고등학교 옆에 위치한 세인트 조나단 예술학교였다.

"오 마이 갓! 오 마이 갓!"

바바라는 비록 멀리 떨어져 있지만 총을 들고 옥상에 나타난 사람이 자신의 아들이라는 것을 바로 알 수가 있었다.

하느님만 찾는 바바라의 모습은 카메라맨 존스를 통해 여과 없이 그대로 방송에 나가고 있었다.

하지만 그런 사실도 모르고 바바라의 눈은 자신의 아들 션에게 고정이 되었다.

◈　　◈　　◈

성환은 어느 순간 주변이 시끄러워지는 것을 느꼈지만 정신을 집중해 소년을 살폈다.

'흠, 옥상으로 올라가려는 것 같군.'

소년의 발걸음이 뭔가를 찾는 것이 아니라 높은 곳을 향하는 것을 느끼며 눈을 반짝였다.

'뭔가 아는 것인가?'

성환은 이상한 생각이 들었다.

범인 소년의 행보가 이상했기 때문이다.

사고를 치기 위해 이곳에 들어온 것이 아니라 본능적으로 자신의 안전을 위해 움직이는 상처 입은 짐승과 비슷한 모습을 보이고 있었기 때문에 조금 의아했다.

그런데 이때, 성환은 깜짝 놀라고 말았다.

최초 사고 현장과 떨어진 있어 수진이 경찰에 의해 안전한 곳으로 대피했을 것으로 생각했는데, 그게 아니었다.

어떻게 된 일인지는 모르겠지만 범인 소년이 오르고 있는 옥상에 수진이 있던 것이다.

성환이 그것을 알 수 있던 것은 모두 옥상 구석에 숨어서 떠들고 있는 소녀들의 대화를 듣고서 알게 되었다.

성환은 옥상에서 들린 소리 때문에 범인보다 빠르게 옥상에 오르기 위해 움직였다.

틱!

점프를 해 위층 난간을 잡고 올라가고, 또 점프를 해 그 위층 난간을 잡고 올라가길 반복하며 옥상까지 올라갔다.

하지만 바로 옥상으로 진입하진 않았다.

그 이유는 성환의 기감에 예의 범인 소년이 옥상으로 올라온 것이 포착되었기 때문이다.

그 때문에 성환은 옥상 펜스 벽에 몸을 밀착해 숨었다.

바로 벽 너머에 조카인 수진이 친구들과 숨어 있는 것이 느껴졌다.

범인을 확인하기 위해 퍼뜨린 기감에, 익숙한 수진의 기가 느껴져 상태를 확인할 수 있었다.

수진은 생각보다 안정된 상태였다.

아마도 주변에 익숙한 사람들과 함께 있다 보니 심리적

으로 안정을 보이는 것 같았다.

◆   ◆   ◆

여학생으로 보이는 몇몇 사람들의 모습이 옥상에 포착이되자 바바라는 바로 방송을 시작했다.

"범인으로 추정되는 사람이 들어간 세인트 조나단 예술학교 옥상에는 지금 몇몇 여학생으로 보이는 인형이 보이고 있습니다."

ABS방송이 현장의 상황을 방송으로 송출을 하면서 상황은 급박해졌다.

바바라의 방송을 보고 경찰 헬기도 그동안 오렌지카운티 고등학교 주변만 살피던 것에서 벗어나 그 옆의 세인트 조나단으로 시선을 옮겼다.

범인인 션이 옥상에 나와 주변을 살피는 것이 포착되자경찰들의 움직임도 바빠졌다.

그 후 여학생들이 범인이 올라간 옥상에 남아 있다는 무전이 날아오자 경찰들의 대응이 바뀌었다.

이전에는 사고가 난 오렌지카운티 고등학교를 포위하고범인에게 자수를 종용하던 것과 다르게 혹시라도 옥상에있는 학생들이 인질이 될 것을 걱정하며 강경하게 나가기로 방침을 바꾼 것이다.

이 때문에 그동안 주변에 있던 경찰들은 시민들 통제와 혹시 모를 사고에 대비해 바리케이드로 사용하던 경찰차 뒤에 있던 경찰들의 무장이 바뀌었다.

범인이 소년이라는 것을 듣고 그저 권총만 소지하고 있던 경찰들이 모두 경찰차 트렁크에 있던 소총을 꺼내 들어 옥상을 조준했다.

뿐만 아니라 그동안 범인을 추적만 하던 경찰 헬기에 SWAT라는 글씨가 써져 있는 방탄조끼를 입은 저격수가 탑승을 했다.

틈이 보이면 범인을 저격하기 위해 탑승한 것이었다.

범인이 소년임을 알면서도 이렇게 대응이 변한 것은 범인이 들어간 건물 옥상에 사람이 있다는 것이 알려지면서 상황이 바뀌었기 때문이다.

사고 현장에 남은 피해자들의 상태를 확인한 경찰들은 혹시나 범인이 옥상에 있는 여학생들마저 그렇게 할지 모른다는 생각에 보이는 즉시 사살하는 것으로 방침이 바뀌었다.

그리고 이런 경찰 내부 사정을 알고 있는 한 사람의 움직임도 바뀌었다.

그 사람은 바로 범인인 션의 아버지 존.

아무리 자신이 경찰이고, 범인이 총으로 동급생을 살인했다고 하지만 범인은 자신의 아들이었다.

그런데 아들을 사살하라는 이야기를 들었는데, 가만히 있을 아버지가 어디 있겠는가?

존은 자신의 자리를 벗어나 아들이 있는 것으로 알려진 세인트 조나단 예술학교로 접근했다.

그런 존의 모습에 그의 파트너인 톰은 무슨 말을 해야 할지 몰랐다.

그도 이번 총기 사건의 범인이 존의 아들인 션이란 말을 들었기 때문이다.

아직 동료들은 그런 사실을 알지 못하지만 수시로 존의 집을 방문해 가족들과 친했기에 션도 자주 봐 잘 알고 있었다.

전혀 이번 사건과 같은 큰일을 벌일 아이가 아니었다.

"션에게 가는 건가?"

"그래야지. 내 아들이잖아!"

"그래, 잘 설득해 봐!"

"응, 톰 미안해."

"자네가 미안할 것이 뭐가 있나? 그리고 션도 뭔가 사정이 있었겠지. 내가 아는 션은 절대 그럴 아이가 아니지 않나?"

"맞아! 우리 션은 절대로 그런 일을 벌일 만한 아이가 아니야."

존은 톰의 말에 위로가 되는지 고개를 끄덕이며 세인트

조나단으로 뛰기 시작했다.

그런 존의 모습에 경찰차 주변에서 무전에 귀를 기울이고 있던 경찰들이 소리쳤다.

"헤이! 존! 존! 자리로 돌아와!"

하지만 동료들이 부르는 소리를 뒤로하고 존은 무작정 션이 있는 세인트 조나단으로 들어갔다.

◆　　◆　　◆

바바라는 방송용 헬기에 타고 있으면서 현장의 긴박한 변화를 보았다.

지상에 있는 경찰들의 움직임이 바뀐 것을 확인하고는 더욱 안색이 파래졌다.

"바바라 안색이 더욱 안 좋아? 어디 아픈 것 아냐?"

바바라는 존스의 말에 괜찮다는 말을 하기 위해 그에게 고개를 돌리다 눈을 크게 뜨며 놀랐다.

그녀의 눈에 비친 것은 존스 뒤에 있는 경찰 헬기였다.

그리고 그 경찰 헬기의 뒷문이 열리고 그 자리에 SWAT의 저격수가 총을 겨누고 있는 것을 보았기 때문이다.

"아, 안 돼!"

바바라의 외치는 소리에 깜짝 놀란 존스도 바바라가 보

고 있는 곳으로 고개를 돌리다 경찰이 저격용 총으로 옥상을 겨누는 것을 보았다.

그런 것을 확인한 존스는 경찰과 바바라를 돌아보았다.

그러면서 아까 방송국을 나서면서 이상했던 바바라의 모습에 눈을 반짝였다.

아무래도 이번 사건에 자신이 모르는 뭔가가 있다는 생각이 들었다.

그러다 작게 중얼거리는 바바라의 목소리를 듣게 되었다.

그리고 그제야 존스는 바바라가 저렇게 질려 있는 이유를 알게 되었다.

"안 돼! 션, 오 마이 갓!"

바바라의 입에서 그녀의 아들 이름이 불려지자 그제야 지금 지상에서 벌어지고 있는 사건의 범인이 누구인지 알게 된 존스도 당황했다.

친한 동료의 아들이 이 엄청난 사건의 범인이란 것을.

그리고 그 사건의 담당 취재 기자로 나온 사람이 범인의 엄마라는 사실이 존스는 현실이란 생각이 들지 않았다.

그래, 이건 마치 잘 만든 블랙 코미디를 보는 것 같았다.

◈　　◈　　◈

한편 옥상에 올라온 션은 당황하기 시작했다.

높은 곳으로 올라가면 자신은 안전할 것이라 생각했는데, 주변에서 헬리콥터 엔진 소리가 요란하게 울리자 겁이 났다.

그리고 그런 션의 눈에 들어온 것은 검은색과 흰색으로 도색된 헬리콥터 옆에 쓰여 있는 POLICE라는 글자였다.

경찰 헬기를 확인한 션은 얼른 자리에 주저앉아 옥상 난간에 몸을 숨겼다.

"어떡하지?"

어떻게 해야 할지 몰라 당황한 션은 공중에서 자신을 찾고 있는 경찰 헬기의 시선을 피하기 위해 낮은 자세로 옥상 여기저기를 돌아다녔다.

그런데 이때 션의 눈에 옥상 구석에 숨어 있는 여학생들의 모습이 눈에 보였다.

여학생을 본 션이 가장 먼저 든 생각은 놀람이었다.

이런 상황에서 사람을 만난다는 것은 반가움이나 그런 것이 아닌 놀람이었다.

"꺄악!"

"엄마!"

여학생들도 션을 발견하고 비명을 질렀다.

그도 그럴 것이 션은 지금 몸 여기저기에 피가 묻어 있고, 또 손에는 총을 들고 있기에 놀라지 않을 수가 없었다.

그런데 여학생들의 놀란 비명에 션은 다시금 당황했다.

"조용히 해!"

당황한 션은 비명을 지르는 여학생들에게 고함을 쳤다.

그런 션의 고함 소리에 여학생들은 또 다시 비명을 질렀다.

이미 총을 들고 자신들을 보며 소리 지르는 것에 정신이 나간 소녀들은 더욱더 두려워하며 소리를 지르고 있었다.

그리고 그런 여학생들의 모습은 점점 션의 이성도 날아가게 만들고 있었다.

두렵기는 현재 션도 마찬가지였다.

뭔가에 홀려 그동안 자신을 괴롭히던 빌리 일당들에게 복수를 한 것까지는 좋았는데, 그들을 모두 죽이고 나자 그제야 정신이 들었다.

자신의 손과 옷에는 이미 그들의 피에 젖어 있었다.

그 때문에 일단 자리를 피하자는 생각에 자신의 학교에서 나와 주변을 배회하다 세인트 조나단으로 들어왔다.

안전한 곳을 찾다가 이렇게 옥상에 올라왔는데, 뜻밖에도 이곳에서 여학생들을 보게 된 것이다.

그러니 션의 이성이 남아 있는 지금 여학생들이 정신을 차리고 대화를 했더라면 어쩌면 사건이 잘 해결될 수도 있었겠지만, 이미 총성을 듣고 또 온몸에 피를 묻히고서 총

을 든 션을 본 여학생들이 이성을 간직하기란 사실상 불가
능한 일이었다.

◆   ◆   ◆

수진은 최초 총소리가 들리자 비명을 지르는 제인을 달
래며 옥상으로 피신을 했다.

제인과 린다는 벌벌 떨면서 눈물을 흘리고 있었지만 수
진은 이곳에 오기 전 모진 고난을 겪어서 그런지 무척이나
침착했다.

비명을 지르며 떨고 있는 제인이나 린다와 다르게 수진
은 자신의 일이 아닌, 마치 아무런 관계도 없는 것 마냥
태연했다.

옥상 구석으로 친구들을 데리고 올라와 숨었다.

그제야 아이들은 자신이 안전하다는 것을 느끼고 비명을
멈췄다.

상황이 끝나기를 기다리며 친구들과 떠들고 있었는데,
어느 순간 주변이 시끄러워지기 시작했다.

푸타타타, 푸타타타.

헬리콥터 엔진 소리가 들려왔다.

그에 아이들은 고개를 갸웃거리며 소리가 들리는 곳으로
고개를 돌리며 그것을 구경했다.

그런데 갑자기 옥상 입구에서 무슨 소리가 들렸다.

마치 당황해 숨넘어가는 소리였다.

이에 친구들과 고개를 돌리던 수진은 깜짝 놀랐다.

그곳에 총을 들고 온몸에 피가 묻어 있는 아이가 서 있었다.

그 모습을 본 친구들은 바로 비명을 질렀다.

"꺄악!"

"엄마!"

'엄마!'

수진도 친구들과 함께 비명을 질렀다.

다만 수진은 입 밖으로 비명을 지른 것이 아니라 마음속으로 비명을 질렀다는 것이 달랐다.

"셧 업!"

총을 든 소년이 소리를 질렀다.

하지만 그 소리 때문에 친구들의 비명 소리는 더욱 커졌다.

"제발! 살려 주세요."

"엄마! 흑흑흑!"

수진이 보기에 소년은 무척이나 당황한 듯 보였다.

아니, 겁을 먹은 듯한 모습이었다.

무엇 때문인지는 모르지만 수진이 느끼기에 소년은 현재 무척이나 당황하고 겁을 먹고 있었다.

겁 많은 개가 자신이 겁먹지 않은 것처럼 보이기 위해 무섭게 짖는 것처럼 소년은 자신이 지금 두려워하는 것을 감추기 위해 남들에게 강하게 보이기 위해 그런 행동을 하는 것처럼 보였다.

왜 그런 생각이 들었는지 모르겠지만 수진은 이상하게 그런 생각이 들어 무섭게 고함을 지르며 자신들을 윽박지르는 소년에게 말을 걸었다.

"그렇게 고함지르지 마세요. 친구들이 무서워하고 있어요."

그런 수진의 말이 통했는지 션은 입을 닫았다.

무섭게 고함을 지르던 션이 조용해지자 수진은 얼른 친구들을 달랬다.

"제인, 린다, 괜찮아 진정해."

수진은 친구들을 진정시키기 위해 그녀들을 감싸며 부드럽게 등을 쓸어 주었다.

겉보기에는 서양인인 제인이나 린다가 더 나이 들어 보이는데, 지금 보이는 행동만 봐서는 수진이 더 어른스러워 보였다.

한편 그런 수진의 모습에 션은 멍하니 수진을 쳐다보았다.

자신과 비슷한 또래로 보이는 아니, 어떻게 보면 조금 어려 보이는 소녀가 자신보다 나이 들어 보이는 소녀들을 다독이는 모습을 보며 놀랐다.

'지금 내 모습이 안 무서운가?'

션은 지금 이상한 생각이 들었다.

지금 자신의 모습은 누가 봐도 두려운 모습이란 것을 잘 알고 있다.

비록 자신의 외모가 그리 우락부락한 무서운 모습은 아니지만, 현재 자신은 빌리나 제이콥 등을 죽이는 과정에서 피가 튀어 몸에 그들의 피를 묻히고 있었다.

이게 오히려 더 언발란스해서 더 무서워 보였다.

그런데 지금 눈앞의 동양 소녀는 그렇지 않은가 보다.

이런 생각을 하는 션이지만 정작 수진의 생각은 그렇지 않았다.

수진은 사실 션의 모습이 두렵기는 했지만 이미 눈앞에서 엄마가 괴한에게 살해당하는 모습을 목격했었기에 지금 상황에서 자신이 죽는다고 해도 상관이 없다는 생각을 했다.

비록 오늘 외삼촌이 자신을 만나러 오신다 했지만, 그게 아쉽기는 했지만…… 죽어도 상관없다는 생각을 했기 때문인지 두려움을 극복할 수 있었다.

물론 조금 전 션의 모습에서 그가 두려워하고 있다고 느꼈기에 조금 덜 무섭기도 했다.

아무튼 지금 세인트 조나단 예술학교의 옥상에서는 기묘

한 상황이 연출되고 있었다.

당황한 살인범과 침착한 여학생의 대치는 상공에서 내려다보는 경찰이나 방송 관계자들을 긴장하게 만들고 있었다.

그들은 선이나 옥상의 상황을 알 수가 없기에 또 다른 희생자가 나오는 것은 아닌지 걱정이 앞서기에 그런 생각을 못하는 것이다.

그리고 그런 상황은 무전을 통해 경찰 사고 대책 본부에 전해졌다.

◈　　◈　　◈

탕!

단발의 총성이 울렸다.

총격 사건 현장이라 총성이 울리는 일이 이상한 것은 아니지만, 이를 듣고 이번 사건과 관련된 몇몇 사람은 이 소리가 단순하게 들리지 않았다.

성환은 주변에 헬리콥터의 로터 소리가 요란하게 울리고 소란스러워졌지만 건물 난간에 기대에 계속해서 옥상 내부를 살폈다.

혹시라도 변수가 작용하는 것을 최대한 막기 위해 범인 소년의 기운을 살폈다.

한쪽에 떨고 있는 소녀들의 기운도 포착이 되었다.

그런데 수진을 포함한 수녀들과 소년이 대치를 하면서 일이 이상하게 흐르기 시작했다.

계속해서 비명을 질러 대는 소녀들 때문에 소년의 기운도 심상치 않게 움직였다.

마치 패닉 상태에 이른 것처럼 소년의 기운이 혼란을 겪고 있는 것이 느껴졌다.

이때 단발의 총성이 울렸다.

성환은 본능적으로 몸을 움직였다.

성환이 움직인 것은 사실 총성이 울리기 직전 난간을 타고 넘었다.

그리고 난간을 넘자마자 성환은 무서운 속도로 총을 들고 있는 션을 덮쳤다.

이때 성환이 션을 넘어뜨리기 무섭게 션이 서 있던 자리에서 조금 떨어진 곳에 탄흔이 생겼다.

아마도 션이 그대로 서 있었다면 총에 맞았을 것이다.

하지만 성환이 션을 덮치는 바람에 저격은 실패로 돌아갔다.

경찰 헬기에 타고 있던 경찰은 황당했다.

자신이 범인으로 보이는 용의자를 옥상에서 발견을 하고, 그 범인의 근방에 소녀들을 확인하자마자 총을 쏘았다.

그런데 5년을 SWAT에서 저격 임무를 맡으며 여러 상환을 겪었지만 오늘과 같은 일은 경험한 적이 없었다.

분명 조준선에 목표를 올리고 사격을 했는데, 실패로 돌아갔다 했다.

어떻게 사람이 그곳에 있었는지 모르겠지만, 건물 외벽에 붙어 있던 사람이 갑자기 나타나 범인을 쓰러뜨리는 바람에 범인을 사살하지 못했다.

이 때문에 매덕스는 화가 났다.

하지만 그렇다고 지금에 와서 또 다시 사격을 할 수는 없었다.

범인은 갑자기 난입한 군인으로 인해 제압되었기 때문에 자신의 실수를 만회하기 위해 사격을 다시 할 수는 없는 일이었다.

"상황 종료! 상황 종료! 옥상의 범인은 군인으로 보이는 사람에 의해 제압이 되었다."

현장을 보고 있던 헬기 조종사의 무전을 들으며 정신을 차린 매덕스는 들고 있던 총을 총기 케이스에 넣었다.

경찰 헬기는 상환이 종료된 것을 지상 지휘 본부에 알리고 현장을 빠져나갔다.

지상에 있던 경찰들은 무전을 통해 상황을 전달받고 세인트 조나단 예술학교 옥상으로 진입을 하였다.

◆　　◆　　◆

"삼촌!"

"응, 수진아 잠시만 기다려라!"

수진은 깜짝 놀랐다.

총소리가 들렸는데 갑자기 눈앞에 자신의 외삼촌인 성환이 총을 든 자기 또래의 소년을 덮치는 모습이 보였다.

션을 덮치는 군인이 자신의 외삼촌이라고 느낀 것은 순전히 수진의 느낌 때문이었다.

그리고 소년을 제압한 사람이 자신의 외삼촌이란 것을 확인한 수진은 바로 큰소리로 성환을 불렀다.

그런 수진의 목소리를 들은 성환은 수진이게 잠시 기다리라는 말을 하였다.

그도 그럴 것이 자신에게 제압된 소년의 상태를 확인하기 위해서였다.

아직까지 흥분 상태로 자신에게 벌어진 일을 깨닫지 못하고 제압된 상태에서도 총에서 손을 못 떼고 있었다.

한마디로 놀라 몸이 굳어진 것이었다.

성환은 그렇게 몸이 굳어 있는 션의 몸에서 총을 떼어 탄창과 총을 분리해 멀리 던졌다.

혹시라도 사고가 발생할 것을 대비해 그렇게 조치를 한 것이다.

잠시 뒤 경찰 한 명이 옥상을 올라오는 것이 보였다.

"여깁니다."

성환은 권총을 빼들고 옥상에 올라온 경찰에게 신호를 보냈다.

그러자 경찰은 소리가 들린 곳으로 고개를 돌리다 놀란 얼굴을 하고 뛰어왔다.

"션!"

그런데 경찰은 쓰러져 있는 소년을 향해 뛰어가며 이름을 부르고 있었다.

그런 경찰의 모습이 이상했지만 성환은 더 이상 신경 쓰지 않았다.

성환에게는 자신의 조카의 안위가 우선이기 때문이었다.

성환은 수진을 보며 물었다.

"어디 다친 곳은 없냐?"

"네, 그런데 삼촌 어떻게 거기서 나타난 거예요?"

수진은 성환이 다친 곳이 없냐는 질문에 간단하게 답을 하고 어떻게 건물 밖에서 뛰어 들어올 수 있었는지 물었다.

하지만 성환이 그것을 설명하기란 참으로 난감했다.

솔직히 성환이 그곳에 도착한 것은 션이 옥상에 오르기 전이었기 때문이다.

분명 션이 오르기 전에 수진을 만날 수 있었지만 시간이 애매해 그렇게 숨어 있었다.

괜히 군복을 입고 있는 자신의 모습을 발견하고 총을 든 소년이 어떻게 반응할지 미지수였기 때문이다.

이렇게 난감해할 때 그런 성환을 구해 주는 목소리가 있었다.

그건 바로 소년을 구속한 경찰이었다.

"실례합니다."

"아, 예!"

"오렌지카운티 경찰 존 맥컬린입니다."

"네, 전 대한민국 육군 대령인 정성환이라고 합니다."

존은 상대의 신분을 확인하기 위해 질문을 하려고 했는데, 상대가 먼저 자신의 신분을 밝히자 고개를 끄덕이며 말을 이었다.

"범인을…… 살려 주셔서 감사합니다."

"아닙니다. 여기 제 조카를 만나러 왔다가 도움을 드리게 돼서 다행입니다."

"아, 그렇습니까? 아무튼 사건 해결에 도움을 주셔서 감사합니다."

존과 성환이 이런 저런 이야기를 하고 있을 때, 경찰 헬기에서 무전을 받고 달려온 경찰들이 옥상으로 올라왔다.

그들은 존과 이야기를 나누고 있는 성환의 모습에 잠시 고개를 갸웃거렸다.

그건 그들이 성환이 입고 있는 것이 군복이란 것을 알고는 있지만 자신들이 알고 있는 미군의 군복이 아니기 때문이다.

그리고 성환의 어깨와 칼라에 있는 계급도 생소했기에 고개를 갸웃거린 것이다.

아무튼 사건이 해결되었기에 안도의 한숨을 쉬며 범인을 경찰서로 데려가기 위해 움직였다.

경찰들이 선의 데려가기 위해 다가오자 존은 얼른 그들에게 아들을 자신이 데려가겠다고 말을 하였다.

"범인은 내가 데려가겠네……."

"그래, 자네가 잡았으니 그러도록 해."

존은 아직까지 범인이 자신의 아들이라는 것을 모르는 동료들에게 미안했지만 일단 아들에게 자초지경을 듣기 위해서 자신이 데려가야만 했다.

물론 마음 한편으로는 아들을 풀어 주고 싶은 마음이 없는 것은 아니다.

하지만 그게 아들에게 전혀 도움이 되지 않는다는 것을 누구보다 잘 알기에 피 눈물을 삼키며 자신의 본분을 다하려는 것이다.

선을 데려가면서 존은 뒤를 돌아보며 성환에게 감사의 인사를 하였다.

"미스터, 감사합니다."

"아닙니다."

성환은 자신을 향해 감사 인사를 하는 경찰을 보며 별거 아니라는 답변을 했다.

그리 답변을 하면서도 자신에게 감사 인사를 하는 경찰의 눈을 지그시 쳐다보았다.

그의 눈에서 많은 것을 읽을 수 있었기 때문이다.

조금 전 옥사에 올라와 자신이 불렀을 때, 범인을 부른 그의 모습으로 보아 범인과 잘 아는 것 같았다.

그리고 그가 범인 소년을 쳐다보는 눈길이 한없이 자애로운 것과 걱정이 가득 감긴 눈으로 애처롭게 바라보던 것을 잊을 수가 없었다.

두 사람은 아주 가까운 사이 같았다.

그리고 외모가 비슷한 것으로 보아 아무래도 형제 내지는 부자 관계일 터.

존과 선이 내려가고 성환은 수진과 이야기를 하고 싶었지만 그러지 못했다.

그 이유는 남은 경찰 중 한 명이 수진을 포함한 여학생과 성환을 경찰서로 불렀기 때문이다.

참고인 조사를 해야 하기에 성환과 수진 그리고 수진의 친구들은 이들을 따라 경찰서로 향했다.

❖　　❖　　❖

경찰 조사를 모두 마친 성환과 수진은 늦은 점심을 하게 되었다.

이 두 사람이 늦은 점심을 먹게 된 것은 경찰 조사가 늦어진 것도 있지만 사실 기자들에게 붙잡힌 것이 더 큰 이유였다.

경찰 조사를 끝마치고 나오는 성환과 수진 그리고 제인과 린다의 앞에 기자들이 몰려들었다.

사고 현장에서 범인과 마주하고 살아 있는 사람이 있다는 것이 알려지면서 현장의 긴박했던 상황을 인터뷰하기 위해 경찰서 앞을 지키고 있던 이들이다.

거머리보다 더 질긴 인종이 바로 기자라는 족속들이기에 성환이나 수진은 얼른 경찰에게 보호 요청을 하였다.

이미 이런 상황을 겪어 보았기에 적절히 안전 조치를 취한 것이다.

이 때문에 기자들은 성환이나 수진 그리고 제인과 린다에게서 인터뷰를 따내지 못했다.

아무튼 그렇게 기자들을 경찰들 보호 속에서 따돌리고 늦은 점심을 하게 되었다.

이 자리에는 수진의 친구인 린다와 제인도 함께 하였다.

"정말 수진의 삼촌인가요?"

린다는 성환의 외모가 너무나 젊어 정말로 삼촌인지 의심이 들었다.

아무리 동양인들이 어려 보인다는 소리는 들었지만 정말이지 수진의 외삼촌이라 불리는 성환의 외모는 겉으로 보기에는 자신보다 나이가 별로 들어 보이지 않았기 때문이다.

겨우 많이 쳐줘 봐야 대학생인 자신의 오빠와 비슷해 보였다.

아니 대학 4학년인 오빠보다 더 어려 보였다.

그렇기 때문에 린다는 수진의 말을 믿지 못하고 물어본 것이다.

그건 린다만 그런 것이 아니라 그 옆자리에 조용히 있는 제인도 마찬가지였다.

듣기로는 자신의 아빠랑 6살 차이가 난다 했는데, 겉모습은 10년은 넘게 차이 나 보였다.

그래서 린다가 조금 무례하게 나이를 물어보는 것도 조용히 지켜보았다.

"하하, 맞아요. 제가 수진의 외삼촌이 맞습니다."

성환이 대답을 하자 놀란 눈을 하며 또 다른 말을 하였다.

"그런데 아까는 어떻게 한 거예요?"

린다는 학교 옥상에서 성환이 날아와 총을 든 괴한을 제압하던 것이 생각나 물어본 것이다.

그런 린다의 질문에 이번에는 수진도 관심을 보이며 눈을 반짝였다.

아까 옥상에서 자신의 삼촌에게 물어보았지만 대답을 듣지 못했다.

하지만 지금은 방해할 경찰도 없기에 눈을 반짝이며 관심을 표했다.

그런 아이들의 모습에 성환은 한숨을 쉬다 대답을 해 주었다.

물론 진실을 모두 말하기보단 적당히 아이들이 알아들을 수 있는 정도로 각색을 해 들려 주었다.

"그건 내 직업이 바로 군인이기 때문이다. 지금 내가 입고 있는 이 군복은 대한민국의 특수부대원들만 입는 군복이지. 그리고……."

성환은 자신이 대한민국의 특수부대의 장교이고 또 그들에게 대인 전투 기술을 가르쳐 주는 사람이란 설명을 했다.

이런 이야기를 해 주며 특수부대원들이 하는 훈련을 조금 과장되게 설명을 하자 린다와 제인은 아까 학교 옥상에서 보여 준 행동을 이해하고 넘어갔다.

하지만 성환의 조카인 수진만은 그대로 넘어가지 않았다.

물론 그것을 겉으로 내뱉지는 않았다.

전에 엄마를 죽인 범인을 쫓을 때에도 자신의 외삼촌은 망설이지 않고 흉기를 든 범인을 쫓았다.

조금 전에는 그 범인 소년이 총을 들고 있었는데도 자신의 안전을 돌보지도 않고 뛰어들었고, 린다와 제인은 아직 깨닫지 못하고 있지만, 당시 정신을 차리고 있던 수진은 똑똑히 들었다.

삼촌이 뛰어드는 것과 동시에 총소리가 들렸다는 것을 말이다.

그 때문에 방금 성환이 설명한 것을 100% 믿는 것은 아니지만, 또 삼촌이 지금 진실만을 말하는 것은 아닌 것 같지만, 그래도 어느 정도는 믿어 주기로 했다.

시간이 흘러 점심시간도 끝나고 린다와 제인은 자신의 부모님을 불러 차를 타고 집으로 갔다.

원래 정상적인 상황이라면 사고가 발생했을 때, 린다와 제인의 부모에게 전화 연락이 갔어야 하겠지만 두 집 모두 맞벌이 집안이라 린다의 부모도, 그리고 제인의 부모 역시 다 직장에 다녔다.

그 때문에 시간을 내지 못하고 뉴스로 자신의 딸들이 다니는 학교 근처에서 총기 사고가 발생했다는 뉴스를 접했다.

그렇지만 어느 곳이나 갑과 을이 있듯 둘의 부모는 뉴스를 접하고도 딸들의 안전을 확인할 세가 없었다.

그저 자주 벌어지는 총기 사고 때문에 잘 갖춰진 대피 매뉴얼 대로 대피해 있기만 바랐다.

그러다 뉴스에 옥상에 자신들의 딸들이 있는 것을 확인

하고, 또 범인과 함께 있는 모습을 봤을 땐 기절이라도 할 것만 같이 놀랐다.

하지만 다행히 군인에게 도움을 받아 사건이 해결되고 또 그 사람이 친구의 삼촌이란 이야기를 뒤늦게 전해 들었을 때는 안심을 하게 되었다.

그 사람과 함께 점심을 먹는다는 소리에 안심을 하고 직장이 끝난 지금 데리러 온 것이다.

린다와 제인의 부모는 성환에게 감사의 인사를 한참이나 하다 갔다.

물론 자신들과 나이 차이가 얼마 나지 않는다는 소리를 들었을 때는 무척이나 놀랐다.

자신의 딸들보다 몇 살 많아 보이지도 않는데, 사실은 딸들보다 배 정도 더 살았다는 말에 놀란 것이다.

그리고 그런 사람이 특수부대에 있다는 것도 대단한 능력을 가지고 있다는 것도 놀랐다.

아무튼 이렇게 잠시 폭풍이 지나간 듯 린다와 제인의 부모가 돌아가고 수진과 성환은 진이 빠졌다.

경찰 조사를 받을 때보다 더 힘들다고 생각되는 수진과 성환이었다.

경찰서에서 참고인 조사라고 한 이야기 또 하고, 또 하고 하던 것보다 더 힘들었다.

두 사람이 가는 것을 보며 성환은 수진을 향해 말을 걸었다.

"휴, 힘들다. 그렇지?"

"네, 린다와 제인의 부모님이 그렇게 말이 많을 줄은 몰랐어요."

"그러게 말이다. 이만 우리도 갈까?"

"네…… 그런데 삼촌?"

"응? 왜?"

"린다와 제인이 있어서 말은 하지 않았지만 나중에 자세히 알려 줘요."

"뭐?"

"제가 아무리 어리다고 하지만 보통 사람이 그런 움직임을 보일 수 없다는 것은 알고 있다고요."

수진은 조금은 귀엽게 마무리를 하며 고개를 돌려 앞으로 걸어갔다.

한편 수진의 말을 듣고 자신이 너무 수진을 어리게만 봤다는 생각을 하게 된 성환은 조금 전 말을 곱씹어 보았다.

확실히 자신이 조카를 어리게만 봐 온 것을 깨닫게 되었다.

누나가 죽고 자신이 보호해야 할 단 한 사람이란 생각에 조카 수진을 너무 어리게만 보고 있었다.

그래서 자신의 상식 밖의 능력들을 설명할 때, 그냥 특수부대원이기 때문에 가능하다고 두루뭉술하게 설명한 것이었는데, 수진은 이 모든 것을 이해하며 언젠가 자세히 알려 달라는 말을 하며 앞서 나갔다.

그러면서 한편으로는 한동안 자신이 수진의 곁에 없을 때, 이번과 같은 사고가 또 일어나면 어떻게 하나, 라는 걱정이 들었다.

그래서 생각한 것은 간단한 무술을 가르쳐 주기로 했다.

비록 시간이 많지 않아 가르쳐 줄 수 있는 것이 몇 가지 되지 않겠지만, 그래도 아무것도 모르고 있는 것보다는 나을 것이란 판단이었다.

물론 수진의 곁에는 경호원으로 진성의 동생을 붙여 두었지만 오늘처럼 갑작스런 사고에는 모두 대응할 수가 없지 않은가?

사실 경찰 조사를 마치고 나왔을 때, 진희를 만났었다.

자신을 보며 계속해서 미안하다는 사과를 하는 그녀를 말리는 것도 일이었다.

불가항력인 일에 그렇게 미안해하는 것도 성환에게는 그리 좋은 모습은 아니다.

방심해 생긴 문제가 아니라, 정말 천재지변과도 같은 사고였다.

어느 누구도 예측하지 못한 우발적인 사고로 인해 그녀가 그렇게 미안해할 필요는 없는 것이다.

아무튼 성환은 며칠 이곳에 묵으며 수진에게 무술을 가

르치기로 했다.

한국에 돌아가면 전역을 하겠지만, 그렇기까지 시간이 걸릴 것이니 그동안 수진에게 수련을 하라고 하면 되는 것이다.

이런 저런 생각을 정리하며 수진과 함께 수진이 임대한 집으로 향했다.

수진과 점심을 먹고 오겠다고 했기에 혼자 집에서 진희가 기다릴 것이 분명했다.

◆　◆　◆

띵동!

초인종 소리가 들렸다.

저녁을 먹기 위해 식당에 있던 진희가 일어나 밖으로 나갔다.

"누구세요?"

밖으로 나가며 진희는 소리쳤다.

그런 그녀의 물음에 초인종을 누른 사람이 대답을 했다.

"실례합니다. 이곳이 이수진 양의 집이 맞습니까?"

진희는 작은 창으로 밖을 살펴보니 경찰이 서 있는 것을 보며 물었다.

"맞는데, 무슨 일로 찾아오셨나요?"

"아, 예. 전 오렌지카운티의 존 맥컬린 경사입니다."

"안녕하세요. 전 바바라 맥컬린입니다."

갑자기 들린 여자의 목소리에 진희는 깜짝 놀랐다.

경찰인 존 맥컬린이 자신을 소개할 때까지만 해도 오늘 아침의 사건 때문에 더 알아볼 것이 있어 온 것이라 생각했는데, 여자의 목소리 때문에 의문이 들었다.

"아, 네. 잠시만이요."

방문한 사람의 신분을 확인한 진희는 문을 열어 주었다. 그곳에는 30대 후반에서 40대 초반의 남녀가 서 있었다. 한 명은 경찰이고 한 명은 세련된 커리어우먼이었다.

"어서 오세요. 그런데 무슨 일로?"

진희는 일단 두 사람에게 인사를 하고 용건을 물었다.

그런 진희를 보며 존이 먼저 물었다.

"혹시 이곳에 정성환이란 군인이 머물고 있습니까?"

"그런데요. 무슨 일이시죠?"

"아! 그분이 아직 여기 계신가 보군요."

"네, 대령님은 아직 여기 계십니다."

"좀 만나 뵐 수 있을까요?"

"그건……."

진희가 두 사람의 질문에 머뭇거리고 있을 때, 언제 왔는지 성환이 진희의 뒤에 와 있었다.

"제가 정성환입니다. 아! 아까 보았던……."

성환이 자신을 누가 찾아온 것을 듣고 현관으로 나오다 존의 얼굴을 기억하고 아는 척을 하였다.

그런 성환의 모습을 확인한 존이 얼른 성환에게 다가가 인사를 했다.

"아까는 경황이 없어 제대로 감사 인사를 못했습니다. 다시 한 번 정말 감사합니다."

"……?"

성환은 아까 현장에서 범인을 데려가던 존이 감사 인사를 하고 간 것을 기억했다.

분명 그때 소년을 데려가며 감사 인사를 했었다.

그런데 이렇게 또 찾아와 감사 인사를 하는 것은 이해가 가지 않았다.

"여보…… 이분인가요?"

"그래, 이분이 우리 션을 구해 준 분이야."

"그, 그래요? 감사합니다. 정말 감사합니다."

바바라는 남편이 어떤 동양인 남자와 이야기를 하는 것을 보다 다가와 묻고는, 감사의 인사를 하였다.

하지만 성환은 바바라가 왜 그러는지 이해가 가지 않았다.

경찰 부부가 함께 자신을 찾은 것도 이해가 가지 않았다.

"제가 한 것이 무슨 감사할 일이라고……."

"아닙니다. 당신으로 인해 제 아들이 살았습니다."

"아들이 살아요?"

"예, 사실…… 이번 사건의 범인인 아이가 바로 제 아들입니다."

존은 잠시 머뭇거리다 어렵게 말을 꺼냈다.

그리고 현장에 자신이 가장 빠르게 접근할 수 있던 것도 설명을 했다.

모든 이야기를 들은 성환은 고개를 끄덕였다.

어떻게 다른 경찰들 보다 그가 옥상에 먼저 올라왔는지 이제야 이해가 갔다.

당시 경찰 특공대가 진압 작전 명령이 떨어져 진압하려는 상황이었다.

성환은 주변에 살기가 퍼지는 것을 느끼고 본능적으로 어린 소년에게 뭔가 변화가 일고 있는 것을 느껴 뛰어들었다.

그런데 그게 소년이 보인 살기가 아니라 경찰 특공대가 범인인 소년을 사살하기 위해 피운 살기란 것을 이제야 깨달았다.

그리고 그런 사실을 알았기에 소년의 아버지가 이렇게 찾아온 것이고, 또 소년의 엄마까지 함께 다시 한 번 감사 인사를 하는 것이었다.

바바라가 당시 현장에서 모든 장면을 지켜보았는데, 당시 경찰이 총을 쏘는 것을 목격했다는 것이다.

이 때문에 바바라는 자신의 아들이 죽었다고만 생각해

자리에서 기절했다고 한다.

하지만 나중에 사건이 끝나고 남편에게서 션이 죽지 않았다는 것을 듣고 안도의 한숨을 쉬었다.

그러면서 션을 구해 준 사람에게 감사한 마음을 전하고 싶다는 말과 함께 이렇게 남편을 따라 이곳에 찾아온 것이었다.

모든 이야기를 들은 성환은 비록 잘못을 하긴 했지만 당시 소년이 어떤 상황이었는지 존에게 알려 주었다.

자신이 한 일에 대해 겁을 먹고 당황하고 있었다는 사실까지.

그러는 한편 션을 제압 당시 성환은 션에게서 이상한 점을 발견했다는 사실 역시 조심히 꺼냈다.

"그런데 션이 뭔가 이상한 것을 배웠습니까?"

"그게 무슨 말입니까?"

"그게 제가 션을 제압할 당시 션의 몸에는 사이한 기운이 느껴졌기 때문입니다."

성환은 션의 몸에서 느껴지던 사기(邪氣)를 떠올리며 말을 했다.

무공을 익힌 성환에게 세상의 기운(氣運)을 느끼는 것은 무척이나 쉬운 일이다.

그랬기에 션이 당시 무척이나 불안정해하던 이유가 아마도 몸에 깃든 사기 때문이라 생각해 이들 부부에게 알리는 것이다.

혹시라도 사악한 이 기운이 남아서 세상에 퍼진다면 결코 좋은 일이 아니리라.

특히나 이곳은 수진이 머물고 있는 곳이 아닌가?

그래서 혹시라도 사이비 집단이나 그런 것이 있는지 물은 것이다.

성환의 질문에 존은 갑자기 눈이 커졌다.

"아!"

"여보, 무슨 일이에요?"

"그게…… 사실 당신 몰래 구매한 총이 한 자루 있어……."

"뭐라고요? 더 이상 수집하지 않겠다고 약속했잖아요."

"미안해……."

성환은 두 사람이 하는 이야기를 듣고 있었다.

말인즉, 존은 총기 수집광이었다.

그런데 이 총기 수집에는 많은 비용이 발생한다.

적게는 몇 백 달러에서 많게는 몇 십만 달러까지 가격이 천차만별.

그런데 부인과 한 약속과 다르게 너무나 마음에 드는 서부 시대 유명한 악당이 쓰던 권총을 구매했다는 것이었다.

항간에는 저주가 걸린 물건으로 주인을 죽음으로 몰고 간다고 알려진 총이었다.

하지만 경찰인 존은 그런 소문을 무시하고 그 총을 구입

했다.

성환은 그 이야기를 듣고 눈을 반짝였다.

백두산에서 얻은 고서에도 그런 내용을 잠깐 본 기억이 있었기 때문이다.

사람이나 짐승의 피를 많이 먹은 물선이 마물(魔物)이 된다는 내용.

아무튼 성환은 부부의 이야기를 듣고 있다 얼른 두 사람을 중재했다.

"두 분 여기서 싸우지 마시고 일단 진정들 하십시오. 아무튼 그 소년의 정신 감정을 받아 보시는 것이 좋을 것입니다."

성환은 자신에게 감사 인사를 온 부부에게 그렇게 이야기를 해 주며 두 사람을 돌려보냈다.

낮에도 사건과 기자들의 방해로 늦은 점심을 먹었는데, 지금도 이들 부부가 감사 인사를 왔다고 하지만 또 다시 저녁 시간을 방해받고 싶은 생각이 없었기 때문이다.

5.
거물과의 만남

"아버지!"

김병두는 TV를 보다 옆에 있는 자신의 아버지를 보며 소리쳤다.

그런 김병두의 부름에 김한수는 고개를 돌려 물었다.

"무슨 일인데 또 소란이야."

작은 타박하는 말이었지만 뉴스에 나오는 영상에서 눈을 떼지 않고 있는 김병두는 TV화면을 손가락질 하며 말을 이었다.

"저놈입니다, 저놈이라고요."

김한수는 TV화면을 보며 소리치는 아들의 모습에 인상을 찡그리다 화면을 주시했다.

아들이 저러는 것은 분명 이유가 있을 것이란 생각에 자신도 그냥 흘려듣던 것에서 정신을 차리고 집중해 보았다.

[이번 오렌지카운티의 총격 사건의 피해자로는……. 다행히 한국인 피해자는 없는 것으로 전해졌습니다. 그리고 이번 총격 사건 범인 체포에 지대한 도움을 준 사람이 대한민국의 자랑스러운 군인이었다고 합니다. 전해 오는 소식통에 의하면 유학 중인 조카를 만나기 위해 왔던 특수부대 장교 정 모 대령은 총격 사건을 목격하고……. 이 일로 범인은 물론 또 다른 피해자 없이 잘 마무리되었다고 합니다. 오렌지카운티 경찰은……. 이상 오렌지카운티의 SBC 서주연이었습니다.]

틱!
김한수는 리모컨으로 TV를 끄고 아들 김병두를 돌아보았다.
"저자가 그자냐?"
"예, 저도 실물은 보지 못했지만 저자가 확실합니다."
"흠……."
김병두의 이야기를 듣고 김한수는 고민을 하기 시작했다.
방금 전 뉴스 화면으로 본 장면이나, 이상덕 의원을 통해 알아본 그자의 경력이나 능력은 상상 이상이었다.

이상덕 의원이 전해 준 자료만으로는 의심을 했지만 조금 전 보았던 뉴스 화면 속 인물은 결코 녹록한 인물이 아니었다.

건물 옥상 벽에 붙어 있는 것이나, 나는 듯이 울타리를 넘어 총을 든 범인 앞으로 뛰어드는 과감성 등등, 모든 면을 종합해 보면 쉽게 상대할 대상이 아니란 판단을 하게 되었다.

그나마 다행이라면 사라졌던 그의 약점이 있는 곳을 발견했다는 것이었다.

뉴스에서는 잠깐 언급하고 사라졌지만 분명 그가 유학 중인 조카를 만나기 위해 그곳에 있었다고 하였다.

그러니 그자의 조카가 있는 곳은 사고가 난 그곳일 것이다.

그것을 잘만 활용하면 아들의 안전을 확보할 수도 있을 듯했다.

어느 정도 생각을 정리한 김한수는 눈을 반짝이며 김병두를 돌아보며 말을 하였다.

"넌, 저자가 들어오면 자리를 마련해라."

"아버지 그게 무슨 말씀이세요? 저 새끼 때문에 우리 혁수가 저 지경이 되었는데!"

김병두는 아들 김혁수가 병에 걸려 집안에만 틀어박혀

있는 것 때문에 화가 난 것인지 김한수의 말에 반발했다.

참으로 어처구니없는 말이 아닐 수 없었다.

자신의 자식이 잘못을 했고, 그 죗값을 받지 않기 위해 얄팍한 수를 쓰다 저리된 것을 적반하장으로 성환의 잘못만 보고 떠벌리고 있다.

하지만 이건 모두 김한수가 그리 가르쳤기에 그의 아들인 김병두나 손자인 김혁수 역시 그런 망종이 된 것이다.

"넌 내가 시키는 대로만 해! 다 생각이 있으니, 넌 그저 내 말만 따르면 된다. 그러면 혁수도 나을 수 있어."

평소에도 그렇지만 오늘은 유독 독선적으로 큰소리를 내는 아버지를 보며 김병두는 순간 말문이 막혔다.

예전부터 자신의 아버지가 어떤 사람인지 누구보다 잘 알고 있기에 김병두는 아버지가 이리 말할 땐 조용히 입을 다무는 것이 상책이란 것을 알고 입을 다물었다.

하지만 속으로는 순순히 승복을 하지 못하고 있었다.

'아버지, 저도 이젠 나이도 있고, 또 국회의원입니다…….'

자신의 능력보다도 아버지의 후광 때문에 지금의 자리에 있는지도 모르는 김병두는 언제나 권위적인 아버지로 인해 작아지는 자신의 위치에 불안감을 느끼며 이렇게 속으로 반발했다.

자신도 이젠 아버지와 같은 국회의원인데 아직도 그런 자신을 어리게만 보는 아버지가 야속했다.

"왜, 말이 없어!"

그런 김병두를 보며 김한수는 자신의 말에 대답을 하지 않고 있는 아들을 보며 소리쳤다.

"알겠습니다."

"올라가 봐!"

"……예."

마지못해 대답을 하는 아들을 보며 김한수는 위층으로 쫓아냈다.

그런 아버지의 말에 김병두는 간단하게 대답을 하고 자리에서 일어났다.

아들이 위층으로 올라갔지만 김한수는 그 자리에서 무슨 생각을 하는지 한참을 자리에서 일어나지 않았다.

◆　　◆　　◆

오렌지카운티의 총격 사건은 전 세계로 중계가 되면서 많은 사람들을 경악하게 만들었다.

특히나 어린 미성년 소년이 집단 괴롭힘에 보복을 하기 위해 집에 보관 중인 총기를 가져다 교실에서 동급생을 쏴 죽인 것에 경악했다.

예전에도 몇 번 있었지만 이렇게 부상당한 동급생을 끝까지 추적해 살해한 예는 없었다.

다른 사건들은 처음의 동기는 비슷했지만, 중간에 목적을 잃고 그저 주변에 대한 폭력성을 내비쳤다면, 이번 사건은 사건 이후에도 자신의 안전을 지키기 위해 주변을 살피는 모습을 보여 충격을 주었다.

마치 군인이 전투를 벌이듯 도심 안을 누비고 다녔다는 것이 오렌지카운티의 총격 사건을 접한 이들을 경악시켰다.

이 때문에 게임 업계는 때 아닌 된서리를 맞게 되었다.

이 모든 것이 폭력적인 게임을 접하기 때문이란 말도 되지 않는 이유를 들어 마녀사냥을 하기 시작했기 때문이다.

이에 대해 게임 업계도 반발을 하기는 했지만 어떻게 된 것인지 여론이 게임 업계에 불리하게 보도되면서 산업 전반에 영향을 미치고 있었다.

아무튼 미국에서는 많은 이들이 뉴스를 접하며 범인을 잡은 성환에게 감사와 슈퍼맨이란 별명을 지어 주며 환호했다.

하지만 그러지 않은 이들도 존재했는데…….

미 국방부 산하 특수 작전 사령부[SOCOM]의 모처에서는 일단의 사람들이 모여 이야기를 나누고 있었다.

"월터 장군! 당신도 보았듯 저자가 가르쳤다는 이들을 이대로 두었다간 언젠가는 큰 우환이 될 것이 분명합니다."

"그렇습니다. 지금이야 한국과 우리가 동맹이라고 하지

만 국제사회에서 영원한 우방은 없는 것입니다. 예전에는
우리 말이라면 껌벅 죽던 이들이 언젠가부터 자신들의 이
득을 따지고 우리와 어깨를 나란히 하려는 모습을 보이고
있습니다. 특히나⋯⋯."

"아, 그 뒷말은 듣지 않겠습니다. 지금 눈앞에 있는 문
제와 별개의 일 같은데, 그건 정치인들에게 맡기고 우린
우리의 일만 하면 되는 것입니다."

이야기를 듣고 있던 소콤의 사령관인 모리슨 월터 대장
이 이야기를 첨부하려던 한 장군의 말을 막고 말을 했다.

천생 군인인 월터 장군과는 다르게 정치에 많은 관심이
있는 윌리엄 모스 장군은 현 한국의 군부의 성향에 대해
말을 하려고 했다.

사실 현 대한민국의 군부는 예전 군 지휘부와 다르게 자
주적인 성향이 짙었다.

자국의 안전을 외국에 동맹국에 의존하는 것이 아닌, 철
저히 자신의 손으로 이룩하려는 움직임이 있었다.

그래서 다른 때보다 더 많은 국방 예산을 신형 무기 개
발에 투입을 하고 있다는 첩보를 접했다.

뿐만 아니라 얼마 전 비선으로부터 들어온 정보에 의하
면 자신들도 모르는 특수부대를 양성하고 있다는 정보도
알게 되었다.

특히나 그 책임자가 국제 특수부대 경연 대회에서 경이

적인 능력을 선보였던 한국군 장교가 전담하고 있다고 했다.

그 때문에 여러 방면으로 한국군에 압력을 행사해 겨우 그자를 본국에 불러들였다.

자꾸만 감추려는 것을 거래를 통해 자신들도 받아들였다.

하지만 이 자리에 있는 소콤의 장군들은 절대 그가 알려준 것이 전부라 생각지 않았다.

그것 외에도 더 있을 것이란 판단이다.

사실 소콤 산하에 있는 미군 특수부대들은 전투력 향상을 위해 전 세계의 무술이란 무술은 거의 대부분 섭렵하였다.

그중에는 동양 무술의 메카라는 소림사라는 곳의 무술도 있었다.

한때 미국에는 브루스란 예명을 가진 동양인 무술가 겸 영화배우가 초절정의 인기를 누렸다.

그의 독특하고 간결한 무술은 인간의 신체를 너무도 아름답고 또 치명적인 무기로 만들었다.

이 때문에 영화 팬뿐 아니라 미군부에서도 그에게 많은 관심을 보이며 비밀리에 그를 초청해 무술을 전수하였다.

사실 브루스라는 작은 동양인이 미국에서 그리 성공한 것은 이런 미군의 보이지 않는 도움 때문이었다.

브루스의 무술 실력을 알기에 그와 거래를 하여 인간의

신체 한계를 능가하는 강함을 연구함으로써 미군의 전투력은 엄청난 진보를 하였다.

그때부터 미군은 비밀리에 특수 연구소를 설립하고 동양 무술을 연구하기 시작했다.

눈에도 보이지 않는 기(氣)라는 것을 강조하는 동양 무술을 연구하기 위해 막대한 예산이 들어갔지만 결과는 신통치 않았다.

어느 정도 진보는 있었지만 기의 실체를 밝혀내는 것은 실패하고 말았다.

절반의 성공을 끝으로 막대한 예산이 들어가는 연구소는 폐쇄되었다.

그저 동양인들의 허구로 취급하고 끝맺었던 연구가 얼마 전 그 한국군 장교로 인해 실체를 보게 되었다.

하지만 그에게서 들은 이야기로는 절대로 자신들은 기라는 것을 대성할 수가 없다는 결론을 내렸다.

인성이 완성되기도 전부터 수련을 시작해 수십 년을 수련을 해야만 자신들이 원하는 수준에 오를 수 있다는 말에 두 손을 들었다.

그리고 차선책으로 그에게서 기를 초능력처럼 사용하는 것이 아니지만, 그에 버금가는 능력을 양성할 수 있는 방법을 알아냈다.

그것은 자신들이 요구하는 능력에 가까운 힘을 단시일에

양성할 수 있다는 장점이 있었다.

다만 나이가 들면 점점 그 힘이 약해진다는 단점이 있었다.

하지만 그렇다고 해도 버리기에는 그 장점이 너무나 컸다.

더욱이 그동안 자신들이 또 다른 방면으로 연구하던 것과 결합을 하면 처음 그가 가르쳐 주었던 것보다 더 나은 능력을 가질 수 있다는 가능성을 보지 않았는가.

그런데 그런 것을 알게 되고, 또 어제 있던 뉴스를 보며 이대로는 안 된다는 생각이 들었다.

아직 자신들은 그런 슈퍼맨이 준비되지 않았는데, 한국은 아무리 동맹국이지만 그런 슈퍼맨이 준비가 되어 있고, 또 예비 슈퍼맨이 양성 중이란 것이 이들에겐 중요했다.

"일단 안건에 대한 투표를 실시하겠습니다."

월터 장군은 다른 이야기로 안건의 내용이 변질될 수가 있어 빨리 결론을 내기 위해 투표에 들어가기로 했다.

"우리가 갖춰지기 전에 저들이 먼저 저와 같은 군인들을 양성하는 것을 저지하는 것에 찬성하시는 분은 오른손을, 반대하시는 분은 왼손을 거수하시기 바랍니다."

이들의 안건을 처리하는 방식은 이렇듯 민주주의와는 반대되는 형식을 띄고 있었다.

공개적으로 자신의 생각을 다른 사람들에게 밝힘으로써 말썽의 소지를 막는다는 취지에서 이런 방식의 투표를 하게 되었다.

동맹국이지만 자국에 없는 특수부대가 있는 것에 부정적인 이들은 모두 오른손을 거수했다.

그 말은 어떻게든 한국에 압력을 넣어 비밀리에 양성 중인 특수부대의 존재를 지우기로 한 것이다.

그렇다고 무력을 사용할 수도 없었다.

괜히 무력을 사용했다가 어떤 피해를 입을지 알 수 없는 일이고, 또 명분도 없었다.

동맹국의 비밀부대를 지우기 위해 무력을 사용했다가는 어떤 파장을 맞이할지 모르기 때문에 이들은 아직까지 남아 있는 미국에 우호적인 이들을 활용하기로 했다.

"안건이 그들이 양성하지 못하도록 한다는 쪽으로 결론 내려졌으니 각자 역량을 발휘해 그 부대를 지우기로 하겠습니다."

월터 장군은 빠르게 결론을 말하였다.

그러자 이 자리에 있던 각 군 특수전 사령관들이 모두 고개 끄덕였다.

소콤은 미국에 있는 각 군대에 퍼져 있는 특수부대들의 통합사령부로 기존에는 육군이나 공군, 해군 등 다양한 병과에서 자신들의 특성에 맞게 특수 작전을 했었다.

하지만 이러다 보니 각 군이 서로 협조를 하지 못하고 작전이 겹치는 경우가 있어 서로 유동적인 협조가 되지 않을 때가 있었다.

이를 개선하기 위해 미군 특수 작전 사령부[SOCOM]가 설립이 되었다.

하지만 초기에는 원래 취지와 조금 동떨어져 있었지만, 예산이란 힘 앞에 각 군은 무릎을 꿇고 협조를 하게 되었다.

그렇다고 각 군의 특수전 사령관들이 모든 것을 소콤에 전적으로 의존하고 있는 것은 아니었다.

비록 부하들을 모두 소콤에 이관하긴 했지만, 그 안에서 자신들의 영향력을 키우기 위해 각축전을 벌이고 있었다.

보다 많은 예산을 타 내기 위해 각종 작전에 투입이 되고 성과를 나타내며 자신들의 능력을 보였다.

그러면서 이들은 사령부 내에서 보이지 않는 경쟁을 하고 있다.

즉, 다시 말해 소콤은 또 다른 정치판이 되어 있었다.

이들의 결정으로 대한민국 군에서 야심차게 준비한 비밀 부대인 S1의 진로가 어두워졌다.

소콤의 장군들이 하려는 일은 사실상 내정간섭에 해당되는 행동이지만, 그것을 내정간섭으로 생각하는 이들이 대한민국 정치판에 몇이나 될지는 참으로 미지수였다.

◈　　◈　　◈

미국에 파견을 다녀온 성환은 군에서의 모든 일을 마무리하기 위해 분주히 움직였다.

솔직히 북한을 갔다 온 뒤 성환의 능력과 여타 부대원들 간의 실력 차이가 심해 팀을 꾸리지 못하고 무술 교관으로 있었기에 마무리할 것도 자시고 할 것도 없었다.

굳이 마무리를 할 것이 있다면 그건 바로 국군 정보사령부 산하 비밀부대인 S1을 교육시키는 일이었다.

S1프로젝트는 군 내부에서도 극히 일부만 알고 있는 극비 프로젝트였지만, 사실상 성환이 모든 것을 주관했다고 해도 과언이 아니었다.

하지만 피치 못할 사정에 의해 성환이 군대를 전역하기 때문에 이를 중단해야만 했다.

원칙적으로 군에서 잘못한 일이기에 성환의 전역을 막을 명분이 없었다.

극비 프로젝트의 관계자 가족을 보호하는 것은 당연한 일인데, 그것을 소홀히 하는 바람에 프로젝트가 날아간 것이다.

아무리 프로젝트가 중요하다고 해도 성환에게는 이미 그 가치가 다한 것이라 어떤 수단으로도 성환의 마음을 붙들 수 없다는 판단 아래 군도 성환을 놓아주기로 했다.

그런 상관들의 마음을 알기에 성환도 미국과 협상을 통해 적정한 정도의 도움을 군에 해 준 것이다.

미군 특수부대원들의 안전 장비인 신형 방탄복인 드래곤 스킨이라면 충분히 그 가치를 할 것이라 생각했다.

이렇게 성환은 차근차근 주변을 정리하였다.

성환은 육사 생도 시절을 포함해 군에서 장장 20년을 넘게 생활했다.

하지만 정작 내일이면 전역을 할 것인데 가지고 갈 물건은 별로 없었다.

옷가지 몇 벌과 작전을 통해 받은 훈장 몇 개가 전부.

물론 성환의 손을 거쳐 간 훈련병들이 남기고 간 감사패는 너무 많아 이미 시간을 내 집에 가져다 두었다.

누나와 조카와 함께 살기 위해 구입한 집이지만 이젠 그 집에는 아무도 없었다.

누나는 이미 고인이 되었고, 조카는 위협으로부터 보호하기 위해 유학을 보냈다.

물론 그게 잘한 판단이라 할 수는 없는 일이지만, 아직까지는 수진이가 안전하기에 그나마 잘한 선택이라 생각하고 있었다.

아무튼 빈집에 자신의 물건들을 가져다 두고 내일이면 전역 신고를 한 다음 자신의 반평생을 바친 군과 작별을 고해야 한다.

성환은 짐을 정리하다 말고 주변을 살펴보았다.

이미 주변은 어둑하니 어둠이 내려앉고 있었다.

아직 2월의 차가운 바람이 아직 겨울이 끝나지 않음을 알리며 앙상한 나뭇가지에는 눈이 녹지 않아 눈꽃을 만들고 있었다.

이 모든 것들이 성환의 가슴을 울렸다.

'내일이면 이곳과도 안녕이군…….'

익숙했던 환경이 내일이면 새로운 국면으로 들어가게 될 것이다.

내일이면 군인이라는 신분이 아닌, 민간인이 된다는 생각에 마음이 싱숭생숭해졌다.

뭐라 정의를 내리기 힘든 그런 기분.

성환이 이렇게 생각에 잠겨 있을 때, 성환을 찾는 사람이 있었다.

그 사람은 바로 성환의 동기 최세창 중령이었다.

똑! 똑!

뜻하지 않은 노크 소리에 고개를 돌린 성환의 눈에 최세창이 보였다.

"무슨 일로 왔냐?"

"뭐하고 있나 보러 왔다."

"할 것이 뭐 있겠냐? 그냥 남은 짐 정리하는 거지."

"그럴 거라 생각했다. 원체 네가 평소에 정리를 잘하니……."

세창은 평소 편집증에 가까운 정리 정돈을 하는 성환의

행동을 꼬집으며 말을 했다.

"그래, 넌 그것을 편집증이라 놀리기도 했지."

"그럼 아니냐? 자로 잰 듯한 줄 맞춤이나 티끌 한 점 없는 깔끔함. 넌 모를 거다, 그거 때문에 네 주변에서 얼마나 숨 막혀 했다는 것을."

"……?"

세창의 느닷없는 말에 성환의 의문을 품었다.

"헐…… 말을 말자!"

무슨 생각인지 세창은 의문 부호를 얼굴 가득 띠고 있는 성환의 표정을 보다 뭔가 한마디 하려다 입을 닫았다.

그런 세창의 모습에 성환은 잠시 미소를 짓다 정색을 하며 물었다.

"그런데 정말로 무슨 일로 찾아온 거냐?"

정색을 하며 묻는 성환의 모습에 지금까지 농담을 하던 것을 지우고, 세창도 품에서 뭔가를 꺼내 성환의 앞에 놓았다.

탁!

"이게 뭐냐?"

"전에 말했던 군 수사관 인식표다."

세창의 말에 성환은 몇 달 전 자신에게 말했던 것을 지금에야 발급된 자신의 수사관 인식표를 꺼내 보았다.

인식표에는 별다른 것이 보이는 것은 아니었다.

그저 그것이 어떤 용도로 사용되는 것인지를 나타내는 글과 그 중의 사용자가 누구인지 알려 주는 사진, 그리고 군 경력이 간단하게 적혀 있었다.

다만 그 군 경력란에 적힌 내용이 성환이 그동안 군에서 한 것과 동떨어진 가짜라는 것이 다를 뿐이었다.

"이거 내 거 맞냐?"

"왜? 뭐 틀린 것 있냐?"

"그래, 여기 군 경력란에 적힌 것은 뭐냐?"

"그거…… 그럼 네가 군에서 했던 것을 그대로 적으란 말이냐? 너에 관한 것은 앞으로도 일급 비밀로 관리될 거다."

"진작 좀 그러지 그랬냐!"

성환의 세창의 말에 진담 반, 농담 반으로 말을 받았다.

아직도 성환은 누나의 죽음과 관련되어 군에서 보호 프로그램을 해 주지 않은 것에 서운한 생각을 가지고 있었다.

그런 마음을 전에는 밖으로 내비치지는 않았지만, 이제는 군과도 작별이기에 처음으로 그런 속내를 살짝 비춘 것이다.

물론 그것을 알아들었는지 아니면 아직도 깨닫지 못했는지는 세창의 문제였다.

그 일에 관해선 더 이상 신경 쓰지 않기로 하고, 성환은 세창이 준 인식표를 챙겼다.

가지고 있으면 언젠가는 도움이 될 일이 있을 것이란 막연한 생각에 그것을 잘 챙겨 두었다.

"음, 그런데 언제부터 시작할 거냐?"

세창은 조심히 물었다. 앞으로 성환의 행보는 나라에 크게 작용할지도 모른다.

누가 시작이 반이라고 했던가.

세창은 성환을 믿으면서도, 너무 거대한 계획에 걱정이 되었다.

"준비해야 하니 당장은 시작하기 힘들겠지."

성환은 덤덤히 말했다.

"할 수 있겠냐?"

세창의 물음에 성환은 조용히 세창의 눈을 돌려 바라보았다.

"할 수 있는 게 아니야, 해야 하는 일이지. 그 누가 되었든."

성환의 대답에 세창은 몸에 소름이 돋는 것을 느꼈다.

그의 눈은 그 무엇보다 굳세 보였다.

◆　　◆　　◆

"대령 정성환은 2022년 02월 08일 부로 전역을 명! 받았습니다. 이에 신고합니다. 충성!"

"충성! 수고했다."

전역 신고를 하는 성환, 그리고 신고를 받는 이기섭 참모 총장, 성환의 신분이 특수했기에 성환이 전역 신고를 하는 대상이 육군 참모 총장이 되어 버렸다.

이기섭 총장은 아쉬운 눈빛으로 전역 신고를 하는 성환을 보다가 악수를 했다.

"감사합니다."

장교로서 예복을 입고 전역 신고를 했다.

칼같이 줄을 잡은 예복은 성환의 앞날을 예견하는 것같이 바짝 날이 세워져 있었다.

칼 주름은 한 점 흐트러짐도 보이지 않았다.

전역 신고를 마치고 계룡대 정문을 나설 때, 언제 도착했는지 성환의 동기인 최세창이 정문 앞에 서 있었다.

원래라면 서울에 있어야 하지만 세창은 마지막 할 말이 있어 이렇게 계룡대까지 내려와 성환의 전역을 마중했다.

계룡대 정문을 나서던 성환의 앞에 동기 세창이 보이자 성환은 눈을 반짝였다.

"무슨 일로 또 찾아왔냐?"

"네게 해 줄 말이 있어 이렇게 왔다."

"무슨 말?"

"아무래도 김한수 의원이 먼저 움직인 것 같다."

"김한수 의원이 움직이다니?"

성환은 세창이 말하는 바를 아직 깨닫지 못해 물었다.

그런 성환의 물음에 세창은 자신에게 들어온 정보를 이야기해 주었다.

"네가 미국에서 벌인 일로 수진의 위치가 그에게 알려졌다."

성환은 세창의 말을 듣고 아차 싶었다.

수진의 안전을 위해 그동안 아무도 몰래 미국에 유학을 보낸 것인데, 자신이 수진의 안전을 위해 벌인 일 때문에 수진의 위치가 탄로 난 것이다.

"⋯⋯그래서?"

수진의 안전에 비상이 걸린 것 때문에 자신도 모르게 차가운 목소리가 저절로 나왔다.

"그렇게까지 날을 세울 필요는 없다. 혹시 몰라 요원을 파견해 두었다. 그리고 아직까지 김한수 의원 쪽에서는 다른 움직임이 보인 것은 아니고⋯⋯ 아마도 너한테 누군가 찾아갈지도⋯⋯."

"날 찾아와?"

"그래, 요즘 누군가 이쪽 계통으로 너에 대한 정보를 수집하고 있어. 역으로 꼬리를 잡았는데, 육본 인사 장교와 몇몇 정보사 장교가 걸려들었다. 수사해 보니 10년 전 예편한 이상덕 의원이 나오더라!"

"이상덕?"

"그래, 너와도 10년 전에 악연이 있는 그자 말이다."

최세창은 입을 비죽이며 말을 했다.

직속 부하는 아니지만 자신이 소속된 국가의 군인을 사지로 몰아넣은 이적 행위를 한 자의 이름.

자신의 입으로 거론하는 일이 마음에 들지 않는 것인지 세창은 어금니를 깨물며 이상덕이란 이름을 말했다.

성환도 이상덕이란 이름을 듣자 눈빛이 한 없이 차가워졌다.

"그자가 무슨 이유로 날 찾는 거지?"

"후후, 뭐 있겠냐? 이상덕이 있는 당이 한국당이다. 그리고 김한수 의원은 그 한국당의 최고의원이고."

세창의 설명에 성환도 무엇 때문인지 어느 정도 짐작이 갔다.

"그러니까 네 말은 김한수 의원이 내 뒷조사를 시켰다는 말이냐?"

"뭐 그렇지. 그렇지 않고서야 누가 감히 네 뒷조사를 할 수 있겠냐? 참 조만간 널 찾아갈지도 모른다."

"어째서지?"

"그래, 정보 분석관들의 예상으로는…… 만약 너를 찾는다면 협상을 하기 위해서라고 했다. 내가 생각해도 그렇고."

"뭐 때문에?"

성환은 의문이 들었다.

"곧 선거가 있다. 그런데 작년 말에 네가 일으켰던 사건 때문에 국민들의 여론이 여당 보다는 야당에 유리하거든."

"……?"

"그의 손자가 낀 재판의 결과랑, 뒤에 네가 처리한 일들 때문에 치안(治安) 문제로 연일 야당에 밀리고 있거든."

조금 전 결국 이야기를 종합해 보면, 아마도 김한수 의원 쪽에서 최만수와 이진원을 처리한 것이 자신이란 것을 의심하고 있다고 봐야 했다.

어쩌면 많은 부분 알고 있을지도 몰랐다.

그러면 자신은 어떻게 해야 할지 정리가 필요했다.

솔직히 자신의 능력이면 최만수에게 그랬듯 몰래 찾아가 처리하면 간단하다.

하지만 그렇게 해선 가슴속 깊이 재워 둔 분노를 다 풀어낼 수 있을지 미지수.

전에 세창에게 말을 했듯 그들에게 확실한 파멸을 가져다 줘야만 자신의 울분을 모두 풀어낼 수 있을 것 같았다.

그렇지만 하나 남은 핏줄인 수진의 안전은 그 무엇보다 우선이다.

수진의 안녕을 담보로 복수를 할 수는 없는 일.

만약 둘 중에 하나를 고르라 한다면 성환은 수진의 안전을 선택할 것이다.

물론 그다음에는 화려한 복수는 아니지만 암살을 할 수

도 있는 것이기에 성환에게 모든 일의 우선은 수진의 안전이다.

더욱이 미국도 문제다. 자신의 능력을 어느 정도 알고 있기에 어떻게 해서든 자신의 약점을 잡으려 할 것이 분명했다.

아직까지는 그저 뛰어난 능력을 가진 개인 정도로 생각할 것이지만, 자신이 가르쳐 준 것의 가치를 알게 된다면 분명 또 다른 시도를 할 것이 분명했다.

그전에 수진을 다시 한국으로 자신의 곁으로 데려와야 할 것이다.

그러기 위해선 전역을 한 다음 어느 정도 기반을 다져야 할 필요성이 있다.

시간이 필요한 것은 필수 불가결하다는 결론에 도달했다.

아무리 자신이 능력이 뛰어나고 현대인들이 잃어버린 무공이란 남다른 능력이 있다고 하지만 그것만 가지고 모든 것을 단시일에 완벽하게 갖출 수는 없었다.

"그것뿐이냐?"

"아니, 이것도 전해 주기 위해 왔다."

세창은 말을 하며 군복 안쪽 주머니에서 무언가를 꺼내 주었다.

"이건 뭐냐?"

"그건 네가 앞으로 진행할 작전의 운용자금이다."

"뭐?"

"흣, 내가 아무런 준비도 없이 네게 그런 제안을 했을 것으로 봤냐?"

세창의 말에도 성환은 자신의 손에 들린 봉투를 보며 인상을 찡그렸다.

서류 봉투에 공작금이 들어 있다고 하기에는 너무도 봉투가 얇았다.

그렇다고 군에서 예전처럼 수십억 대 비자금을 수표로 내놓을 리도 없지 않은가?

비밀리에 작전을 하는 것인데, 추적이 가능한 수표를 상용한다는 것은 말이 되지 않는 것이다.

한참을 세창을 쳐다보다 봉투 안 내용물을 확인했다.

그리고 내용물을 확인한 성환의 눈은 더욱 황당하다는 표정이 되었다.

"지금 장난하냐?"

"아니, 요즘이 어떤 세상인데 군의 작전을 허술히 하겠냐? 그거 이미 조작된 거니 넌 이번 주 추첨이 끝난 뒤 아무 때나 당첨금을 찾으러 가면 된다. 단, 너무 일찍 찾으러 가거나, 6개월이 넘어 찾으러 가면 안 된다."

세창이 건네준 서류 봉투에는 운영 자금이라고 들어 있던 것은 다름 아닌 복권이었다.

황당해 하는데, 세창의 말을 들어 보면 이런 식의 자금

운용이 한두 번이 아닌 듯했다.

자신도 언뜻 들은 기억이 있었다.

복권 추첨 조작설에 관한 것인데, 아마도 100%는 아니어도 어느 정도 군에서 관여를 하고 있는 듯했다.

"난 전해 줄 물건들은 모두 전했으니, 이만 간다."

일을 끝낸 듯 세창은 몸을 돌려 자신이 타고 온 차를 타고 휭 하니 떠났다.

그런데 한 가지 생각이 문득 든 성환이었다.

'서울 올라갈 것이면 좀 태워 주지.'

저 멀리 자신을 두고 떠나가는 세창을 태운 차를 바라보다 발걸음을 옮겼다.

육군 본부에서 조금 걸으면 나오는 버스 정류장을 향해서였다.

이곳에 오기까지는 자신에게 배정된 군용 차량을 이용했지만, 이젠 군인의 신분이 아니기에 반납했다.

원래라면 돌아가는 길까지는 이용할 수 있었지만 성환이 거절했다.

확실하게 끝내기 위해 더 이상 편의를 받아들이지 않았다.

그렇기에 이렇게 홀로 버스 정류장을 걸어갔다.

그런데 이때 뒤에서 시끄러운 소리가 들렸다.

빵! 빵!

클랙슨 소리가 들려오자 본능적으로 고개를 돌렸다.

그리고 성환의 눈에 들어온 것은 검은색 외제 승용차.

검게 썬팅이 되어 있어 내부를 확인할 수 없어 누가 타고 있는지 확인할 수 없었다.

자신을 부른 것이라 생각하지 못한 성환은 버스 정류장을 향해 계속 걸었다.

하지만 다시 울리는 클랙슨 소리에 자리에 멈출 수밖에 없었다.

몸을 돌린 성환은 자신을 향해 클랙슨을 울린 고급 승용차에 접근을 했다.

성환이 차에 접근하자 보조석 창문이 살짝 열렸다.

그러자 성환은 그쪽으로 다가갔다.

"무슨 일이죠?"

"정성환 대령님이시지요?"

차 안에서 자신을 찾는 사람이 있을 것이라고는 생각지 못했던 성환은 눈을 반짝였다.

"누군데 날 찾는 거지?"

자신이 모르는 얼굴이기에 이가 절대 자신과 좋은 관계의 사람이라고는 생각지 않았다.

조금 전에 최세창에게 들은 것이 있기에 더욱 의심이 짙어졌다.

"전 한국당 김한수 의원님의 비서입니다."

역시나 조수석에 있던 사람은 자신과 척을 지고, 어쩌면 나중에 생사를 두고 겨뤄야 할 사람의 비서.

더욱이 그는 아직까지 차에서 내리지도 않고, 창문만 살짝 내린 좁은 틈으로 자신을 보며 이야기를 하고 있었다.

인간적으로 되먹지 못한 작자.

기본적 예의도 모르는 그가 김한수 의원의 비서라는 것이 참으로 끼리끼리 모인다는 생각이 들었다.

사람이 누군가를 만나서 말을 할 때는 직접 나와 얼굴을 맞대고 이야기를 해야 하는 것이 기본 예의다.

하지만 이자는 오랜 세월 권력자와 생활을 해서 그런지 자신의 상급자의 힘을 자신의 것으로 착각하고 있다.

호가호위(狐假虎威)하는 여우와 같은 멍청하고 우둔한 생각.

생각 같아서는 상대도 하고 싶은 마음이 없다.

그렇지만 조금 전 세창이 전해 준 말이 있기에 이들이 어떻게 나올지 들어 봐야 했다.

물론 그렇다고 이들에게 끌려다닐 생각은 전혀 없었다.

"잠시 타시죠."

자신을 김한수 의원의 비서라고 하는 자의 말이 있었지만 성환은 차에 오르지 않았다.

그러고는 몸을 돌려 버스 정류장 쪽으로 향했다.

그런 성환의 모습에 차 안에 있던 김한수 의원의 비서는 얼른 차에서 내려 성환을 붙들었다.

"이보시오."

"내 몸에서 손 떼!"

자신의 어깨를 붙들며 불러 세우는 그자를 향해 위압적으로 소리쳤다.

성환의 호통에 그는 얼른 손을 치우고 주춤 뒤로 한걸음 물러섰다.

그런 그의 모습을 보며 성환은 차갑게 말을 하였다.

"넌 사람과 대화를 하려는 기본이 되어 있지 못한 놈이다."

성환의 악담에 그는 바짝 얼었다.

소나기처럼 퍼붓는 성환의 호통은 그동안 자신이 모시는 의원의 위세를 입어 거만하게 굴던 그에게는 감당할 수 없는 압박이었다.

그도 그럴 것이 악과 깡으로 뭉친 특전사 대원들을 가르치던 성환이지 않은가?

대한민국 최고 엘리트 군인이라 자부하는 이들을 교육시키는 자리는 웬만한 자세 가지고는 힘들다.

지식은 물론이고 그들을 압도할 카리스마가 있지 않고서는 그들을 휘어잡을 수가 없다.

지금 성환은 그때 보다 더 강력한 기세로 김동한을 압박하고 있었다.

올해로 딱 10년을 김한수 의원을 보좌하고 있는 김동한은 지금과 같은 일을 경험한 기억이 없었다.

비록 수석 비서관은 아니지만, 김한수 의원의 비서라고 하면 당 내에서도 웬만한 의원도 대우를 해 주었다.

그런데 일개 군인, 아니 이제는 전역을 하여 예비역 대령이 지금 자신을 향해 호통을 치는데도 아무 소리 못하고 위축이 되고 있었다.

'뭐 이런 자가 다 있지?'

하지만 이야기를 듣고 보니 그가 틀린 말을 하는 것은 아니었다.

그동안 자신이 착각하고 있던 것을 깨닫게 해 주는 말이었다.

그렇지만 그 이야기를 듣고 있는 것은 또 다른 문제였다.

자신이 잘못한 것을 깨닫기는 했지만 그렇다고 그런 말을 눈앞에 있는 자신보다 어린 사람에게 반말로 듣는 것을 결코 좋은 경험은 아니었다.

물론 김동한도 눈앞에 있는 남자가 보이는 것과 다르게 자신과 나이 차이가 많지 않다는 것도 알고 있다.

하지만 알고 있는 것과 보고 느끼는 것은 달랐다.

"음음, 제가 실수를 했군요. 사과드립니다. 아무래도 제가 모시는 분께서 은밀하게 모셔 오라고 하셔서 결례를 했습니다."

일단 자신의 행동을 어쩔 수 없었던 실수로 넘기며 말을 하였다.

사과를 하기는 했지만 은밀한 명령에 따라 발생한 어쩔 수 없는 일이란 변명이었다.

피식!

성환은 속으로 같잖은 변명을 하는 김동한의 말에 비웃었다.

하지만 이 정도에서 물러나 그의 말대로 김한수를 만나 봐야만 했다.

호랑이를 잡으려면 호랑이 굴에 들어가야만 한다.

자신의 적이 된 김한수 의원을 보기 위해선 그를 만나야 했다.

그를 만나 그를 평가해야만 했다.

위험하다 싶으면 앞뒤 계획 생략하고 그를 죽일 것이지만, 그렇지 않고 어느 정도 여지가 보이면 계획대로 철저히 준비를 해야 할 것이다. 그를 파멸시킬 준비를.

성환은 머릿속으로 생각을 정리하며 김동한의 인도대로 그가 타고 온 승용차에 몸을 실었다.

6.
원수와의 거래

차를 타고 가면서 성환은 조용히 눈을 감았다.

조수석에 타고 있는 김동한은 백미러로 성환의 모습을 살폈다.

조금 전 자신을 위협하던 기운은 그 어디에도 보이지 않아 지금 동한을 헷갈리게 하고 있었다.

'아까는 뭐였지?'

정말이지 귀신에게 홀린 것 마냥 동한을 어리둥절하게 만들었다.

눈을 감고 있는 지금의 모습은 그저 흔히 볼 수 있는 젊은이의 모습이다.

물론 그가 비록 자신보다 어리다고 하지만 30대 중후반이란 것도 들어 알고 있었다.

자신이 모시는 어르신의 마음을 헤아리기 위해선 그가 신경 쓰는 문제를 바로바로 체크해 해결을 해야 한다.

정치판에 뛰어든 김동한은 자신도 언젠가는 자신이 모시고 있는 김한수 의원처럼 국회의원이 되기 위해 경력을 쌓는 중이고, 또 인맥을 쌓고 있는 것이 아닌가?

자신의 선배들이 그러했고, 또 앞으로 자신의 밑으로 들어올 보좌관이 그러한 전철을 밟아갈 것이다.

많은 이들이 찬란한 미래를 꿈꾸며 정치에 입문하지만 제대로 꽃을 피우지 못하고 도태되고 있는 게 현실.

김동한는 그런 도태되는 이들을 보면서 그들의 실패 사례를 보며 고쳐 나갔다.

그리고 동한은 자신이 성공하기 위해선 김한수 의원 같은 큰 배경이 필요하다는 것을 잘 알고 있다.

그런 이의 마음을 붙들기 위해선 그가 필요로 하는 것을 잘 알고 바로바로 처리하는 것이 그를 움직일 수 있는 원동력이 된다는 것을 알게 되었다.

그래서 이번에도 김한수 의원이 데려오라는 이를 정확히 파악하고 실행하려 하였다.

하지만 그동안 자신이 판단해 왔던 이들과 뒷자리에 앉아 있는 남자는 확실히 달랐다.

흔히 김한수 의원이 정치계로 끌어들인 군인들과 전혀

다른 타입의 사내.

처음에는 사실 질투도 있어 그의 기를 죽이기 위해 그런 행동을 한 것도 있었다.

김한수 의원은 그동안 자신에게 일을 시키면서 이렇게 직접 자신을 보내는 일은 좀처럼 없었다.

그런데 좋은 전역하는 군인을 데려오기 위해 나서게 되었다.

이 때문에 자존심이 상한 김동한은 그에게 위계질서를 잡기 위해, 일명 군기를 잡기 위해 그런 행동을 했다.

김동한의 판단에는 아마도 육군 대령 출신의 성환을 김한수 의원이 내년에 있을 육군 무기 도입 사업과 연관해 영입하려는 것으로 착각해 벌어진 일이었다.

정치계 입문을 조건으로 로비스트로 활용하기 위해 영입한 인재로 착각한 김동한은 자신보다도 어리고 젊은 성환이, 혹시나 김한수 의원에게 더 중요한 위치에 앉는 것을 견제하려는 목적으로 행동을 했던 것 자체를 지금에 와서는 후회가 됐다.

조금 전 짧은 대화였지만 이곳에 내려오면서 계획한 모든 것이 모두 자신의 착각이란 것을 깨닫게 된 지금 어이가 없기도 했다.

그러면서 또 다른 의문이 들었다.

그건 6선 의원이나 되는 김한수 의원이 무엇 때문에 전

역하는 군인을 수석 보좌관인 자신을 직접 내려 보내면서
까지 부른 것인지 알 수가 없었기 때문이다.

자신이 모르는 뭔가가 있는 것은 분명했다.

하지만 그런 것까지 알아서 김한수 의원이 불편하지 않
게 보좌하는 것이 자신의 일이라 생각하는 김동한은 서울
로 올라가는 내내 백미러를 힐끗거리며 성환의 모습을 살
폈다.

한편 눈을 감고 있지만 성환은 자신을 살피는 눈초리를
처음부터 모두 느끼고 있었다.

기감이 이미 경지를 초월해 버린 성환이기에 앞자리에서
김동한이 자신을 살피는 것을 알고 있었다.

성환 정도가 아니더라도 기감이 뛰어난 사람들은 자신을
주목하는 시선을 느낄 때가 있다.

하지만 성환은 그 정도를 넘어서 누군가 자신을 쳐다보
는 것만으로도 거리에 상관없이 그가 어떤 마음으로 자신
을 주시하는 것인지 열에 아홉은 분간할 수 있다.

물론 살기(殺氣)와 같은 강렬한 기운은 말할 것도 없다.

그렇기에 조폭들이 밀집되어 있던 진원 빌딩에서 조폭들
이 든 무기 사이를 누비며 그들을 처리하지 않았던가?

지금도 자신을 살피는 김동한의 시선이 느껴지지만 성환
은 그에 상관하지 않고 계속해서 자신을 만나기 위해 사람
을 보낸 김한수 의원의 생각을 예상해 보았다.

성환의 머릿속에는 계속해서 여러 가지 생각이 떠올랐다가 사라지고, 다시 떠오르기를 반복했다.

마치 고성능 컴퓨터가 시뮬레이션 엔진을 돌려 여러 가지 경우의 수를 가지고 모의 실험을 하는 것처럼 계속해서 생각을 하고 또 하였다.

❖　　❖　　❖

한참을 달린 차는 톨게이트를 지나 한참을 더 달렸다.

그리고 성환이 탄 차가 서울 소재, 한 호텔로 들어갔다.

차가 멈추자 눈을 감고 있던 성환이 조용히 눈을 떴다.

"도착했습니다."

처음과 다르게 정중한 김동한의 말을 들으며 성환은 차 문을 열고 내렸다.

차에서 내리다 고개를 돌려 잠시 김동한을 보던 성환이 입을 열었다.

"안내하시오."

성환의 말에 따라 김동한은 고개를 끄덕이고 앞장서서 칼튼 호텔로 들어갔다.

이미 예약을 해 두었기에 조용히 이야기를 나눌 룸이 준비되어 있었다.

김동한은 성환은 안내해 한참을 돌아 어떤 방 앞에 멈췄다.

똑! 똑! 똑!

"의원님, 모시고 왔습니다."

정중하게 안에 대고 말을 하는 김동한. 그런 그의 모습을 유심히 보는 성환의 귀로 늦지만 무게감이 느껴지는 굵은 목소리가 안에서 들렸다.

"들어와."

"들어가시지요."

문이 열리고 방 안의 모습이 성환의 눈에 들어왔다.

방 안에는 60대 후반쯤으로 보이는 노인과 40대 후반이나 50대 초쯤으로 보이는 남자가 있었다.

성환이 보기에 자신을 보자고 한 것은 아마도 60대 후반으로 보이는 노인 같았다.

그러고 보니 정치에 관심은 없지만 TV에서 몇 번 본 얼굴이란 생각이 들었다.

성환이 보기에도 김한수 의원은 일반인치고는 상당한 카리스마를 가지고 있는 모습이었다.

전체적으로 나이에 맞지 않게 상당한 덩치를 가지고 있었다.

앉아 있지만 그 옆에 앉은 40대 후반의 남자보다 덩치가 커 보였다.

굵은 눈썹과 각이진 턱선, 고집스러워 보이는 입매까지…… 다만 전체적으로 인상이 이중적이란 느낌을 받았다.

어떻게 보며 처진 눈 꼬리로 선해 보이기도 하지만, 어떻게 보면 무척이나 야비해 보이기도 했다.

차가운 냉혈동물을 보는 듯 차갑게 느껴지기도 하여 판단을 내리기 힘들었다.

하지만 그러면서도 성환이 한 가지 깨달은 것은 있었다.

그건 바로 그 남자가 결코 녹록치 않은 사람이란 것은 확실했다.

"어서 오게."

분명 자신과 좋은 관계가 아님을 알면서도 아무런 표현도 하지 않고 반가운 손님을 맞듯 자신을 대하는 김한수 의원을 보며 성환은 다시 한 번 경각심을 일깨웠다.

세창의 경고를 듣고 이렇게 나오길 잘했다는 판단이 섰다.

전에 세창이 제안을 해서 복수행을 잠시 멈췄던 일을 잘했다는 생각이 들었다.

성환은 조용히 김한수 의원의 맞은편에 자리를 하였다.

그런데 이때, 김한수 의원의 옆에 자리하고 있던 이가 소리쳤다.

"너 이 자식! 내 아들에게 무슨 짓을 한 거야!"

성환에게 소리를 지른 사람은 바로 김한수 의원의 아들인 김병두였다.

아들 김혁수가 이상 증세를 보이는 것이 모두 성환의 짓이라 단정 지은 그는 성환을 직접 보게 되자 그렇게 고함을 지른 것이다.

그런 김병두의 모습을 보며 김한수는 인상을 찌푸렸다.

협상이란 것은 누가 주도권을 잡느냐에 따라 협상의 내용이 달라진다.

그런 기본을 까먹고 저리 초반에 흥분을 하고 있으니 앞으로 가르쳐야 할 것이 참으로 많다는 생각이 들었다.

사실 김한수 의원의 나이는 겉으로 보이는 것보다 상당히 많은 편이다.

다만 날로 발전하는 현대 의학의 도움으로 그렇게 보이지 않을 뿐.

예전 같았으면 정계 은퇴를 했을 나이도 훌쩍 지났지만 그러지 않았다.

할아버지 대(代)부터 소망이었던 정계를 주름잡는 권문세가(權門勢家)를 이룩하는 것이 집안의 꿈이다.

이번 회기까지만 자신이 정치에 관여하고, 다음 회기에는 자신은 뒤로 물러나 손자인 김혁수를 정계에 입문시키려 했다.

그런데 그 계획이 한순간에 날아가 버렸다.

그 때문에 얼마나 분노했는지는 아들도 몰랐다.

하지만 병을 준 것도 눈앞의 작자이니 억지로 참으며 그와 협상을 벌이기 위해 자리를 마련했는데, 자신의 아들이

화를 참지 못하고 초장에 분위기를 망쳐 버렸다.

"넌 조용히 있어라."

그리 큰소리는 아니었지만 사람의 귀에 확실하게 자신의 생각을 전달하는 힘을 가지고 있었다.

"흡!"

아버지의 말에 김병두는 숨을 들이 삼키며 얼어붙었다.

말 속에 자신의 아버지가 얼마나 지금 화를 참고 있는지 느껴진 때문이다.

어려서부터 아버지의 눈치를 보며 자란 김병두이기에 아버지의 비서관도 느끼지 못한 아버지의 기분을 누구보다 빠르게 파악했다.

그리고 그건 성환도 어느 정도 눈치를 챘다.

'그럼 그렇지.'

확실히 겉모습은 담담해 보였지만 말 속에는 숨길 수 없는 분노가 가득했다.

주변을 태울 것 같은 분노가 가득한 그 목소리에 먹이를 잔인하게 찢는 승냥이의 노린내가 맡아졌다.

하지만 성환은 표정 변화 없이 담담히 자신의 자리에 앉았다.

어떻게 보면 담대해 보이기도 하고, 어떻게 보면 무신경해 보이기까지 했다.

"일단 내 아들의 실수를 사과하지."

"예, 그 사과 받아들이겠습니다."

아들의 실수를 사과하는 김한수나 그런 그의 말을 쉽게 받아치는 성환의 모습은 이 자리에 있는 사람들을 놀라게 하기 충분했다.

여당의 최고위원이며 6선이나 지낸 김한수 의원이 젊은 전역 군인에게 사과를 하는 것도 이례적인 모습인데, 그런 김한수 의원의 사과를 별거 아니라는 듯 담담히 받아 넘기는 그의 모습도 평범해 보이지 않았다.

성환의 데려온 김동한이나 처음 성환을 보고 고함을 지른 김병두도 지금은 놀란 모습이 역력했다.

◈　　◈　　◈

"이상덕 의원님."

"예, 말씀 하십시오."

"한국의 전력이 상승했으니, 저희 미군을 부분적으로나마 일본으로 철수를 시키겠습니다."

"아니, 그게 무슨 소립니까?"

"이미 저희도 잘 알고 있습니다. 한국이 양성 중인 비밀 특수부대가 상단하다는 것을 말입니다. 그 때문에 중동으로 빠져나간 주일미군의 전력(戰力)을 보충하고자 주한미군의 일부를 철군하려고 합니다."

남산에 위치한 향원(鄕園)에서 여당 의원인 이상덕 의원과 주한 미국 대사와 한미연합 사령관인 로버트 페이트 대장이 함께 자리를 하며 이야기를 나누고 있었다.

그런데 지금 자리에서 논의되고 있는 이야기 내용은 솔직히 이 자리에 어울리지 않는 내용이었다.

이미 주한미군의 주둔에 관한 협정은 진즉 끝났다.

그 때문에 대한민국은 주한미군이 주둔하는 비용을 지불하고 있지 않은가?

일부 정치권이나 대학생들 그리고 아무것도 모르는 일반인들은 국군의 전력이 강화되었으니 주한미군의 철수를 주장하고 있었다.

하지만 이것은 아직 군에 대한 정확한 내용을 모르기에 하는 소리들이었다.

아무리 대한민국 국군의 전력이 향상되었다고 하지만 북한을 단독으로 막기에는 힘들었다.

대한민국은 아직 전쟁이 끝난 상태가 아니기에 북한은 언제라도 전쟁을 다시 일으킬 수가 있었다.

그러한 때에 막대한 주둔 비용을 들어 주한미군의 철수를 주장하는 것은 아무 것도 모르는 철부지의 억지였다.

전력이라는 것은 눈에 보이는 군사 장비나 군인의 수로 나타내는 것이 아니다.

그보다는 보이지 않는 것들이 전쟁을 억제한다는 것을

모르고 하는 소리였다.

미국은 핵무기를 빼고 전력 비교를 한다면 전 세계 국가와 전쟁을 할 수 있을 정도의 전력을 가지고 있는 나라.

한 예로 항공모함의 숫자만 봐도 그렇다.

항공모함이라는 전력은 웬만한 국가의 공군 전력과도 비슷한 전투력을 가지고 있다.

특히나 미국의 항공모함은 다른 나라의 중(中)형이나 소형의 항공모함이 아니라 10만 톤이 넘어가는 대형 항모이다.

더욱이 그 보유 숫자도 전 세계 항공모함의 숫자를 합친 것 보다 많은 수의 항모(航母)를 보유한 나라가 미국이다.

그런 미국이 남쪽에 주둔하고 있는 것만으로도 북한에게는 억제력이 되는 것이다.

그뿐만 아니라 미국이 한국군에 제공하는 정도도 그 가치는 엄청나다.

물론 미국이 한국을 위해 자신들이 취득한 정보를 100% 공개하는 것은 아니지만, 어찌 되었든 한반도에서 벌어지는 정보의 상당을 전달하고 있다.

그런 정보를 가지고 한국군은 휴전선을 지키고 있는 것이다.

그런데 지금 미국대사와 한미연합 사령관이 나와서 한미 주둔군 지위 협정과 다르게 지금 전력을 빼겠다는 하고 있어 이상덕 의원을 당황하게 만들었다.

아닌 말로 이상덕 의원은 여당의 군통으로 통하고 있었
다.

군에 관해서는 많은 것을 알고 있는 그로서는 주한미군
의 일부라고 하지만 철군하는 것에 민감하게 반응을 했다.

"그건 있을 수 없는 일입니다. 엄연히 주둔군 협정을 통
해 협정을 맺었지 않습니까? 그것을 임의로 수정을 한다는
것은 아니 될 말입니다."

"하지만 우리 미군도 전 세계를 무대로 평화 유지를 위
해 전력을 분산하고 있습니다. 그런데 의원님도 아시겠지
만 중동 특히나 이라크와 아프가니스탄의 전력이 많이 피
로한 상태입니다."

이상덕 의원은 왈터 대장의 말에 인상을 찡그렸다.

그의 말은 너무도 상투적인 말이었기 때문이다.

한국에 무언가 얻어 낼 것이 있을 때면 꼭 끄집어내는
내용이 바로 그것이었다.

"우리 군의 전력은 장군님이 더 잘 아실 것인데, 갑자기
이런 이야기를 꺼낸 이유가 뭡니까? 방금 말한 것 말고 제
게 하시고 싶은 이야기가 있으시지 않습니까?"

이상덕은 자신이 정확하게 이들이 원하는 것을 알아야만
했다.

솔직히 자신이 알고 있기로 이들이 이렇게까지 말할 건

수가 없다고 생각했는데, 자신이 알지 못하는 일이 군에서 벌어지고 있다는 생각이 들었다.

국회의원 중에서 몇 되지 않는 국방 예산 위원인 이상덕은 아마도 군에서 비밀리에 극비 프로젝트를 진행하면서 국방 예산을 유용하고 있다는 생각도 들었지만, 그것을 이들에게 겉으로 내비칠 생각은 없었다.

어떻게든 이들에게서 지금 군에서 벌어지고 있는 일의 전반적 정보를 취득하는 것이 우선이고, 그것을 확인한 뒤 어떻게 이용할 것인지는 그 다음 문제였다.

아마도 이들은 그런 것을 알기에 아마도 오늘 자신을 불러낸 것이 아닌가 하는 생각이 들었다.

막말로 정말로 주한미군의 일부를 철수시키려고 작정을 했다면 겨우 2선 의원이 아닌 여당 최고의원이나 아니면 바로 청와대로 들어가 대통령에게 통보를 했을 것이다.

그런데 이렇게 자신을 부른 것은 아마도 자신의 생각대로 한국군 내부를 흔드는 것이나 아니면, 한국의 여론을 흔들어 더 많은 주둔군의 부담금을 늘리려는 속셈일 것이 분명했다.

뭐, 그건 자신에게 상관이 없는 일이었다.

자신은 그저 이들이 원하는 것이 무엇인지 확실하게 파악을 하고, 그 속에서 이득을 취하면 되는 것이다.

솔직히 군에 관한 예산을 털어먹는 거야, 누가 먼저 먹느냐가 문제이지 않은가?

누가 먹어도 먹는 것이니 다른 사람이 먹기 전에 자신이 먼저 가져가는 것이 중요했다.

하지만 이상덕은 이런 자신과 같은 생각을 가진 인간들을 청소하기 위해 군에서 극비리에 대규모 작전이 준비되고 있다는 것을 알지 못했다.

◆   ◆   ◆

칼튼 호텔에서 만난 두 사람은 지금 조용히 서로를 살피고 있었다.

호랑이와 사자가 만나 서로가 상대를 보면서 결코 쉽지 않은 상대란 것을 인정했다.

특히나 김한수 의원은 성환을 보며 처진 눈을 돌리지도 않고 깊숙이 담았다.

김한수 의원이나 성환 모두 아무런 말없이 처음 들어왔을 때 꺼낸 말 이외에는 어떤 말도 하지 않고 서로를 노려보기만 있자, 당사자들보다 주변에 있는 이들이 답답해했다.

특히나 아들의 일로 성환에게 맺힌 것이 많은 김병두의 속은 자신도 모르게 타들어 갔다.

성환이 들어왔을 때, 흥분해 소리쳤다가 아버지에게 호

된 꾸지람을 들었던 터라 더욱 조바심이 났다.

분명 아버지가 겉으로 표현을 하지 않았지만 분명 자신은 그 속에서 아버지가 얼마나 분노하고 있는지 알 수 있었다.

그런데 금방이라도 눈앞의 젊은 놈을 묵사발로 만들어 놓을 것 같았던 아버지의 모습은 온데간데없고, 그저 눈싸움을 하는 것 마냥 쳐다보기만 하고 있었다.

이 때문에 김병두는 무척이나 답답했다.

여기 나올 때만 해도 저자를 끌고 가 아픈 혁수를 금방이라도 낫게 해 줄 것이라 생각했는데, 그것이 아니라 아버지의 생각을 알 수 없는 김병두다.

그리고 이런 생각은 오랫동안 김한수 의원을 보좌하고 또 오늘 성환을 데려온 김동한도 마찬가지였다.

보좌관인 김동한이 오랫동안 모셔 온 김한수 의원은 절대 저런 사람이 아니었다.

김한수 의원은 상대를 만나기 전 모든 것을 파악을 하고, 그가 직접 나서서 미팅을 가질 때면 그가 누가 되었든 김한수 의원의 예상에서 벗어 난 사람이 없었다.

오늘 자신이 데려온 사람도 위세는 좋다고 생각되지만, 마찬가지라 생각되었다.

그가 비록 듣기로는 특전사 교관 출신이라 했지만 그건 아무런 상관이 없다고 판단했다.

그런데 지금 보니 자신의 예상이 빗나갔다.

그는 생각보다 더 거물이었다.

정치계의 김한수 의원과 눈싸움을 하고 기가 죽지 않고 벌써 30분 째 눈싸움을 하고 있는 것만 봐도 대단한 사람임을 김동한은 느꼈다.

한참을 노려보기만 하던 김한수 의원이 먼저 말을 꺼냈다.

"우리 이쯤 하기로 하지."

밑도 끝도 없는 김한수 의원의 말에 성환은 조용히 다음 말을 기다렸다.

그러자 김한수 의원은 아직도 차분히 자신을 보고 있는 성환을 보며 자신이 하고자 하는 이야기의 핵심을 들려주었다.

"무엇 때문인지는 모르지만 그만하도록 하게."

"무엇을 그만하라는 것인지 모르겠군요. 전 의원님이 지금 제게 무슨 말을 하는지 모르겠습니다. 언제 저와 일면식이 있으셨습니까? 오랜 군 생활에 지쳐 전역을 하는 당일 이렇게 불려 온 것이 무척이나 기분이 좋지 않습니다."

"지금 내게 기분이 좋지 않다고 했나?"

"그렇습니다. 내가 왜? 뭐 때문에 의원님을 만나 이런 대화를 해야 하는지 모르겠습니다."

너무도 담담히 표정 변화 없이 말을 하는 성환의 모습에 이젠 김한수 의원도 심정의 변화가 오기 시작했다.

지금까지 억지로 참고 있었지만 자신을 보면서도 담담한 눈앞의 젊은이를 보며 김한수 의원은 마음 한편으로는 성환이 대단히 담대하다 생각하면서도 한편으로는 괘씸한 생각이 들기도 했다.

한 번도 이런 대접을 받아 본 적 없었다. 생소한 이 기분은 한편으로는 신선하면서도 많이 불쾌했다.

"좋게 하려니 대화가 되지 않는 젊은이군."

뭔가 마음이 좋지 않다는 것을 표현하기 위해 겉으로 보이는 성환의 모습을 들어 젊은이라 말하였다.

하지만 성환이 젊은이라 불릴 만한 나이는 한참 전에 지났다.

서른 중반의 나이고 또 얼마 안 돼 마흔이 된다.

비록 눈앞의 김한수 의원보다 한참 나이가 어려 그가 그렇게 부른다고 뭐라 할 사람은 없겠지만, 그렇다고 서로 좋은 관계도 아니고, 사회 지도층으로서 제 식구도 관리하지 못한 자가 자신을 나무라는 것을 곧이곧대로 들어줄 생각이 없었다.

그래서 나온 것은 그리 듣기 좋은 소리는 아닌, 칼을 담은 말이 나오게 되었다.

"한가롭게 얼굴이나 감상하시려고 절 보자고 하신 것입니까? 아니면 앞뒤 설명도 빼먹고 뭘 그만두라는 건지 전혀 모르겠군요. 알 수 없는 말만 하려고 절 보자고 한 겁니까?"

"저, 저!"

성환의 말이 끝나자 김한수 의원 옆자리에 있던 김병두가 먼저 기가 막힌다는 듯 손가락질을 하며 말을 잊지 못했다.

하지만 김한수 의원은 억지로 화를 참으며 자신이 너무 급해서 자세한 설명 없이 말을 꺼낸 것을 사과했다.

"이런 내가 너무 급해 성급하게 말을 했군, 미안하네!"

사과를 하며 말을 하는 김한수 의원의 모습에 다시 한 번 김병두나 그의 보좌관들이 모두 입을 벌리며 놀랐다.

그들이 그러거나 말거나 김한수 의원은 성환을 보며 협상을 펼치기 시작했다.

역시나 오랜 국회의원 생활을 해서 그런지 언변이 무척이나 능수능란하였다.

"솔직히 확실한 증거는 없지만…… 내 손주와 몇몇 아이들이 겪고 있는 병증과 관련이 있음을 알고 있네. 그리고 최만수와 이진원이 자네의 손에 죽은 것도 말이야."

김한수는 성환이 한 일에 관해 이야기를 꺼내며 성환을 압박했다.

하지만 그건 성환을 잘 알지 못하고 너무 성급하게 말을 꺼낸 것이었다.

"훗! 그게 어째서 저와 관련되었다고 생각하시는 것입니까?"

잠시 김한수 의원이 하는 이야기를 듣고 있던 성환이 이렇게 그의 말에 반박을 하자 지금까지 아무런 변화를 보이지 않던 김한수 의원의 얼굴이 보기 싫게 일그러졌다.

김한수 의원은 성환의 이야기를 듣고 자신이 너무 성급했다는 생각이 들었다.

군인이라고 하지만 지금 눈앞에 있는 자는 그저 그런 군인이 아니었다.

아니, 김한수 의원이 느끼기에 자신에 버금가는 노련한 정치꾼이었다.

자신의 패를 숨길 줄 알고, 상대의 패를 읽을 줄 아는…… 그런 노련한 장사꾼이고 정치꾼이었다.

사실 자신이 생각하는 정치란 것은 별게 아니었다.

대중이 듣고 싶어 하는 이야기를 대신해 주면 되는 그런 것.

예전 어느 코미디언 출신 국회의원이 그랬던가?

정치는 코미디라고…….

확실히 자신이 생각하기에 정치는 코미디며, 잘 짜인 연극 대본이었다.

국회에서 여야가 서로를 비방하며 싸움을 하지만 그건 모두 카메라가 돌아가는 화면 속의 이야기.

즉, 그건 모두 국민들에게 보여 주기 위한 한편의 쇼.

정치란 카메라가 보여 지는 곳에서 이루어지는 것이 아니다.

모든 것은 보이지 않는 곳에서 벌써 합의가 끝난다.

다만 자신들이 국민을 위해 열심히 일하고 있다는 모습을 보여 주기 위한 뭔가가 있어야 하기에 국회에서 그렇게 카메라가 돌아갈 때 고성을 지르고 때로는 몸싸움을 벌이는 것이다.

그건 자신이 속한 한국당이나, 야당인 민국당이나 마찬가지다.

그렇게 정치를 오래하면서 때로는 환멸도 느끼지만, 그 못지않게 아무것도 모르는 이들 위에서 그들이 자신을 향해 방긋 웃고 환호하는 모습을 보면 알 수 없는 카타르시스를 느낀다.

그리고 그런 카타르시스를 한 번 느끼면 그 맛에서 벗어날 수 없다.

그래서 여러 정치인들이 어떻게든 공천을 받으려고 돈을 싸 들고 자신과 같은 이들을 찾는다.

그런데 지금 눈앞에 있는 젊은 사내는 자신이 알아본 바에는 어려서 조실부모하고, 누나와 함께 살다 육군 사관학교에 입학을 한 이후, 쭉 군에서만 지내 왔다고 했다.

물론 군대도 사람이 모인 사회라 그 속에서 정치적인 요소가 없는 것은 아니지만, 그렇다고 지금처럼 능구렁이 수십 마리는 들어 있는 듯, 자신이 보인 작은 약점을 바로 파고들어 물어뜯을 수 있는 정치꾼을 양성할 정도의 환경은 아니다.

초반 자신의 아들이 한 실수를 만회하고자 성급하게 한 말 때문에 김한수는 자신의 나이 보다 절반이 조금 넘는 젊은 사내에게 곤욕을 겪고 있었다.

그것이 너무나 어이가 없었다.

하지만 이렇게 당하고 있을 수만은 없었다.

어떻게든 넘어간 주도권을 잡아야만 조금 더 유리한 입장에서 협상을 할 수 있었다.

어차피 이 자리는 이자와 계속해서 대립하기 위해 만든 자리가 아니지 않은가?

"후! 이거 젊은 자네에게 내가 계속 실수를 하는군……. 어떤가? 자네를 보니 정치에 소질이 있는 것 같은데, 우리 당에 들어오면 내가 적극 밀어주지."

너무나 파격적인 말이었다.

한국당 실세 중의 실세인 김한수 의원이 밀어준다면 다음 국회의원 좌석은 보장된 것이나 마찬가지다.

그러한 사실을 잘 알기에 김병두나 김동한은 눈을 크게 떴다.

특히나 10여 년을 그런 날만 기다리며 보좌해 오던 김동한의 눈은 찢어질 정도로 커졌다.

그도 그럴 것이 그동안 김한수 의원은 때가 되면 당에 추천을 해 주겠다는 말을 수시로 공수표 날리듯 했었다.

하지만 아직까지 확실한 언급은 피하고 있었다.

그런데 지금 처음 본 남자에게 입당 권유는 물론이고, 다음 회기 국회의원에 추천을 해 주겠다는 말까지 했다.

사실 공공연한 비밀이지만 공천을 받기 위해서는 수십억 의 기부금이 전달되었다.

자신도 그런 기부금이 부족해 지금까지 김한수 의원에게 확답을 받지 못하고 있는데, 지금 김한수 의원이 오늘 전역한 예비역 대령에게 하는 말을 듣고 김동한은 심한 배신 감을 느꼈다.

하지만 그렇다고 이 자리에서 그것을 표현할 수는 없었다.

만약 그렇게 했다가는 자신의 정치 생명은 펼쳐 보지도 못하고 끝날 것이 분명했기 때문이다.

"말씀은 고맙지만 정치를 할 생각은 없습니다. 그저 내가 하고 싶은 일을 할 것이고, 그것을 가로막는 게 있다면 내가 군에서 배운 대로 처리할 것입니다."

김한수 의원의 제안을 거절하면서도 성환은 너무나 의미심장하게 말했다.

자신이 하는 일을 방해한다면 가만두지 않겠다는 경고.

그리고 그런 성환의 경고를 못 알아들을 사람은 이 자리에 아무도 없었다.

감히 6선의 국회의원을 협박하는 사람이 있을 줄은 아무도 몰랐다.

특히나 직접적으로 그런 소리를 들은 김한수 의원은 하도 기가 막혀 아무 말도 하지 못했다.

사실 성환이 이렇게 말을 하는 것은 지금 김한수 의원이 하려는 말이 무언지 짐작을 하기 때문이다.

자신을 어떻게든 회유해 자신이 병신으로 만들어 버린 자신의 손자를 치료하려고 한다는 것을 너무도 잘 알기 때문이다.

말로는 다 알고 있는 것처럼 말을 하지만, 사실 지구상에 자신이 한 일을 알 수 있는 사람은 아무도 없다.

자신의 동기이며 많은 것을 알고 있는 정보사령부 최세창조차 그저 자신이 무슨 짓인가 했을 것이란 막연한 짐작만 가지고 있을 뿐, 확신을 하지 못한다.

김한수는 성환과 협상을 유리하게 하기 위해 말을 꺼낸 것이지만 그럴수록 수렁으로 빨려 들어가듯 불리해지고 있었다.

그건 전적으로 김한수가 지금 성환이 원하고 있는 것을 잡아내지 못하고 있기 때문이다.

성환이 이 자리에서 원하는 것은 별거 없었다.

조카 수진에 대한 안전과 전에 있던 불미스런 일에 대한 사과였다.

물론 이들은 그런 자신들의 잘못에 대하여 기억도 하지 못할 것이지만 말이다.

"흠, 자네가 원하는 것이 뭔가? 자꾸 이런 식이라면 이 만남이 유쾌한 만남으로 남을 수 없을 것 같은데, 원하는 것을 말해 줄 수 있겠나?"

김한수는 급기야 답답한 마음에 먼저 말을 꺼냈다.

그런 김한수 의원의 말에 성환도 자세를 바로 하고 말을 하였다.

"그럼 전에 있던 일에 대한 사과를 먼저 하시는 것이 예의 아니겠습니까? 자신의 잘못도 깨닫지 못하고 있는 사람들과 대화를 나누고 싶은 생각이 없습니다."

"우리 쪽에서 잘못한 것이 있다는 말인가?"

"예."

"그게 뭔가?"

"의원님의 손자로 인해 발생한 일에 대해서 지금까지 아무런 언급이 없군요."

성환이 하려는 말이 무언지 이제야 깨달은 김한수 의원이나 옆자리에 있던 김병두는 감추고 싶은 치부를 꺼내는 성환의 말에 절로 얼굴이 찌푸려졌다.

"음음, 그건 이미 법정에서 판가름이 난 것이 아닌가!"

참다못해 김병두가 결론지으며 말을 꺼냈다.

"그럼 저도 할 말이 없습니다. 앞으로의 일이 참으로 흥미진진하군요. 전에야 제가 군인이란 신분 때문에 시간을 많이 내지 못했지만 지금은 아니니……."

성환의 은근한 협박을 하였다.

그리고 그런 성환의 말에 김한수나 김병두는 당황하기 시작했다.

혹 때려다 혹을 붙인 격이 되고 말았다.

확실히 이 자리를 마련한 것은 모두 자신들의 안전을 위해서다.

어떤 수법으로 많은 부하들에 둘러싸인 최만수와 이진원을 죽인 것인지 알 수가 없는 시점에서 성환의 심기를 거슬러 봐야 일만 귀찮아진다는 것을 누구보다 잘 알고 있었다.

특히나 경찰의 발표에 의하면 그들 두 사람의 사인(死因)이 심장마비라 발표되었다.

최만수는 모르지만 이진원이 죽을 당시 통화를 하던 김병두로서는 경찰의 발표가 믿기지 않았다.

그래서 자신의 아버지인 김한수 의원을 통해 보다 자세한 내용을 들었다.

하지만 이진원 또한 사인이 심장마비가 확실하다는 말만 들었다.

말도 되지 않는 소리.

분명 자신은 이진원이 죽기 전 그와 통화를 했다.

불안에 떨고 있던 그의 목소리나, 끊어지지 않은 전화 상태에서 수화기로 들려오던 이진원의 고통에 찬 비명 소리는 아직도 밤에 자신을 깜짝깜짝 놀라게 하였다.

그 공포감은 아들의 고통을 보면서도 아버지 김한수가 성환과 협상을 벌이겠다는 말을 하였을 때, 크게 반발하지 않았다.

물론 겉으로야 아들의 일과, 자존심 때문에 반발을 하는 척을 하긴 했지만, 내심 먼저 아버지가 말을 꺼내 준 것에 감사했다.

아들이 저런 상태라 해도 일단 자신도 이진원이나 최만수처럼 죽을 수도 있다는 생각에 두려웠다.

그렇다고 아버지에게 나서서 일을 해결해 달라는 말을 할 수는 없었다.

그건 성환 못지않게 김병두에게 자신의 아버지도 두려운 존재였기 때문이다.

아무리 친자식이라고 하지만 자신의 기대에 못 미치면 폭력을 서슴치 않았던 아버지.

어려서부터 아버지에게 가져온 트라우마(trauma) 때문에 김병두는 말도 꺼내지 못하다 김한수 의원이 적당한 변명을 하며 성환과 협상을 하려고 불렀다는 말에 이렇게 자리하고 있었다.

그런데 지금 은근한 협박을 하고 있는 성환을 보며 김병두는 그 말이 결코 농담처럼 들리지 않았다.

성환의 말은 절대 농담이 아니다.

수진의 안전을 위해서라면 이 자리에서라도 이들을 모두 죽일 각오가 되어 있었다.

물론 이들을 죽인다고 해서 모든 일이 끝나는 것은 아니지만.

이들 말고도 자신이 처리해야 할 원수는 아직 더 남아 있으니 괜히 이곳에서 경거망동을 하여 일을 그르칠 생각은 없었다.

성환이 이렇게 농담처럼 진담을 섞어 가며 말을 하는 것도 다 전략이었다.

군에서 배운 기만술을 지금 이 자리에서 펼치는 것이다.

자신이 가장 원하는 것을 숨기면서 상대로 하여금 자신의 페이스에 말려들게 하는 수법이다.

그리고 지금 정치판에서 수십 년을 온갖 풍상을 겪었을 김한수 의원이나 김병두 의원이 이렇게 자신의 의도대로 휘둘리는 것을 보며 자신의 복수가 그리 어렵지만은 않을 것이란 예상을 해 본다.

'생각보다 이들을 다루는 것이 그리 어렵지는 않다. 이번에는 적당히 시간을 벌기 위해 어쩔 수 없이 너희와 이

렇게 앉아 있지만, 준비가 완벽하게 갖춰진다면…… 그때
는 다를 것이다.'

성환이 속으로 이렇게 칼을 갈고 있을 때, 김한수 의원
도 심각하게 고민하고 있었다.

'제길! 어디서 이런 위험한 놈이 나타나……. 이번 총
선만 아니었어도 제거해 버릴 텐데. 어떻게 이놈을 달래서
귀찮게 하지 못하게 할까?'

서로 다른 생각을 하면서도 두 사람 다 현재는 비슷한
생각을 하고 있었다.

성환은 개인의 무력으로 따졌을 때 이 세상에 무서울 것
이 없지만, 유일한 약점인 수진을 보호하기 위해선 자신에
게도 세력이 필요하다는 것을 깨달았다. 그리고 그 세력을
키우기 위해선 무엇보다 시간이 필요했다.

그리고 김한수 또한 총선이 있기에 주변에 잡음이 일면
자신에게 불리해진다.

자신의 정적들은 자신의 약점을 찾아 눈을 불을 켜고 있
는데, 김한수의 정적은 야당에만 있지 않다.

오랜 기간 당내 최고위원 자리를 차지하고 있어 그런지
당 내에서도 자신을 견제하는 세력이 커지고 있었다.

특히나 현 대통령을 지지하는 파벌에서 자꾸만 자신을
견제가 심했다.

반년 전 손자가 문제를 일으켰을 때, 김한수에게 최대의

위기가 찾아왔었다.

하지만 당시 일이 너무 커 당 내에서 김한수 의원의 반대파에서도 김한수 의원을 도울 수밖에 없었다.

그냥 두기에는 국민들의 관심이 너무나 커 당에 피해가 있을 수 있었기 때문이다.

그래서 당 차원에서 도움을 주었기에 파장이 그 정도로 그칠 수 있었으며, 김혁수도 그런 판결을 받을 수 있었다.

"의원님의 손자는 제 조카에게 씻을 수 없는 잘못을 저질렀습니다. 하지만 그 죗값을 치르지 않았지요."

"음."

성환의 말에 김한수는 조금 전보다 더욱 인상이 구겨졌다.

잊고 싶은 기억이 다시 떠올랐기 때문이다.

하지만 그런 김한수 의원의 마음과는 상관없이 성환은 계속해서 자신의 말을 하였다.

"……그리고 누군가는 인간으로서 하지 말아야 할 짓을 저질렀죠."

말을 하다 말고 분노 가득한 눈으로 김병두를 노려보았다.

그러자 김한수 의원은 자신이 알고 있는 것 말고 뭔가 또 있는가, 하는 생각이 들었다.

'뭔가가 있군. 병신 같이…… 돌아가서 좀 더 알아봐야

겠어.'

성환이 자신의 아들을 노려보는 것에 인상을 구기며 일단 한 발 물러서기로 결정했다.

"무슨 일이 있었는지 모르지만 일단 내 사과를 하지. 그리고 내 손자가 벌인 일에 대한 잘못은 적절한 보상을 하겠네. 그러니 이만 그 일은 끝내기로 하는 것이 어떻겠나? 그 일로 내 손발과 같은 이들이 떨어져 나갔네. 그로 인해 내가 곤란한 일을 겪기도 했고…… 하니 우리 적당히 협상을 하고 이만 손을 털기로 하는 것이 어떤가?"

김한수는 아직도 손자가 벌인 일에 어떤 잘못도 사과를 하지 않고, 성환 때문에 자신이 피해 입은 것만 생각하며 말도 안 되게 설득하려고 했다.

'이자는 골수까지 썩은 자로군! 그래…… 지금은 더 이상 진척이 없을 것 같으니 이쯤에서 끝내기로 하겠다. 하지만……. 두고 보자! 군자의 복수는 10년이 지나도 늦지 않다고 했다. 하나 난 군자가 아니니 그때까지는 기다리지 않아도 될 것이다.'

성환의 속에서 김한수에 대한 판결이 내려졌다. 하나 지금은 전진을 위해 한 발 물러서야 할 때…….

"알겠습니다. 그럼 제 조카에 대한 피해 보상과 더 이상의 위협이 없다면, 저도 행동을 자제하기로 하죠."

성환이 자신의 조건을 말했다.

하지만 사람이라는 것이 앉으면 눕고 싶다고 했던가?

"그럼 내 아들은……."

"그 이야긴 못 들은 것으로 하겠습니다."

김병두가 하려는 말이 무언지 금방 깨달을 수 있는 이야기였다.

자신의 아들을 고쳐 달라는 말이었지만 성환은 단번에 거절했다.

이는 죄를 지은 김혁수를 벌하는 의미도 있지만, 이건 협상을 하면서도 성환이 이들에게 경고를 하는 의미.

물론 직접적으로 자신이 그렇게 만들었다는 말도 하지 않으면서 은연 중에 약속을 지키지 않으면 당신들도 그렇게 될 수 있다는 경고였다.

"알겠네! 그럼 서로에 대한 더 이상의 위협은 사라진 것인가?"

"그렇습니다. 의원님 쪽에서 약속을 지키시면 전 아무런 일도 하지 않을 것입니다. '

성환은 마지막으로 경고를 하고 자리에서 일어났다.

이 정도에서 협상을 하는 것이 김한수 의원 쪽에서 엉뚱한 짓을 하지 못하게 하는 마지노선일 것이란 생각에 이쯤에서 멈추었다.

어차피 협상을 하려고 나온 것이기에 어느 정도 속을 긁으며 마무리했다.

그런 성환의 협상력에 김한수 의원은 아쉽다는 생각도 들었다.

'저자를 내 밑에만 두었어도 아무도 허물지 못할 철옹성을 갖출 수 있었을 텐데…… 아쉽군. 앞으로 예이 주시해야겠어. 비록 지금은 물러났지만 그냥 놔두기엔 위험 요소가 너무 커!'

확실히 김한수 의원이 생각하기에는 성환이 너무나 위험했다.

이미 자신과는 척을 졌기에 자신의 편이 될 수 없는 자.

그렇기에 비록 오늘은 협상을 했지만 나중에 어떻게 상황이 변해 자신에게 칼을 들이밀지 모르는 상대였다.

나중을 위해서라도 철저히 감시를 해야만 했다.

7.
만수파의 혼란

샹그릴라 호텔 사장실, 그곳의 주인은 몇 달 전 바뀌었다.

압구정과 청담동을 거머쥐고 있는 만수파의 본거지인 이 곳 샹그릴라 호텔은 얼마 전 죽은 사장 최만수를 대신해 그의 큰아들이 젊은 나이에도 불구하고 사장의 자리에 앉 았다.

원래하면 장남인 최진혁에게 언제나 피해 의식을 가지고 있는 차남 최종혁이 반발을 했을 것이지만, 최종혁은 정상 적인 몸이 아니기에 최진혁이 사장의 자리에 오르는 것에 반대하는 사람이 없었다.

그건 최만수 밑에 있던 깡패들 또한 마찬가지였다.

많은 자들이 분노에 찬 성환의 공격에 속수무책으로 당

해 조직 세계를 은퇴하였다.

성환은 누나의 죽음에 분노해 만수파를 공격할 당시, 조직폭력배들에게 전혀 손속에 인정을 담지 않았다.

몸에서 살기(殺氣)를 풍기는 자들은 과감하게 죽음을 내렸고, 그보다 못한 자들은 신체의 일부를 쓰지 못하는 병신으로 만들어 버렸다.

사지(四肢)가 멀쩡하게 붙어 있다고 다 정상은 아니었다.

힘을 쓸 수 없게 혈을 짚어 놓아 정상적으로 활용을 할수가 없었다.

조금이라도 힘을 주려고 하면 사지가 뒤틀려 고통이 일어나, 다시는 다른 사람을 괴롭히지 못하게 만들었다.

그렇기에 현재 만수파의 세력은 예전보다 절반 이하로 줄어 버렸다.

그 때문에 최진혁이 사장으로 등극하는 것에 반발할 만한 세력이 없었다.

뿐만 아니라 최진혁의 옆에는 만수파의 넘버 3인 김용성이 있어 그의 힘을 실어 주었기에 더욱 잡음이 없었다.

하지만 잡음 없이 자리에 앉기는 했지만 현재 진혁은 참으로 난감했다.

그동안 아버지가 벌여 놓은 일을 수습하는 것도 힘이 드는데, 주변에서 세력이 약해진 조직을 집어삼키려고 노리는 이들이 있었기 때문이다.

예전이라면 뒤를 봐주는 김한수 의원의 힘으로 어떻게 막을 수도 있었지만 현재 김한수 의원과는 끈이 떨어져 버렸다.

그렇다고 새롭게 줄을 대기도 어려웠다.

무슨 이유에서인지 김한수 의원 쪽이 어수선했기 때문이었다.

그리고 자세히 알아보니 전에 아버지가 벌였을 것으로 생각했던 일이 사실은 강남의 진원파 두목 이진원과 김한수 의원의 아들인 김병두 의원이 벌인 일이란 것을 알게 되었다.

그 때문에 지금 어려운 상황에서도 그쪽에 손을 벌리지 못하고 고민을 하고 있었다.

"김 전무, 어떻게 해야 이 난국을 빠져나갈 수 있을까?"

비록 나이 차이가 10년 가까이 나긴 하지만, 장시간 함께 움직이다 보니 김용성과 최진혁은 누구보다 가까운 사이가 되어 있었다.

두 사람은 공통분모가 있다 보니 예전 보다 더 가까워지기 쉬웠다.

그래서 최진혁이 만수파 두목이 되고 샹그릴라의 사장이 되면서 그의 오른팔로 떠오른 김용성은 부장의 지위에서 4단계나 직위가 오른 전무가 되었다.

물론 샹그릴라 호텔이 일반적인 기업이 아닌, 조폭의 기업이니 그건 급작스런 직위 상승이 가능하다고 하지만 그래도 부장과 전무라는 지위는 주변에서 받아들이는 대우가 다른 것이다.

지금도 두 사람은 사장실에서 독대를 하면서 조직과 호텔의 앞날에 대하여 상의를 하고 있었다.

원칙적으로 이런 것은 조직의 간부를 더 부른 상태에서 논의가 필요한 것인데, 그만큼 현재 만수파에는 쓸 만한 간부들이 부족했다.

그렇다고 호텔 지배인이나 그런 이들을 이 자리에 불러 의논을 할 수는 없었다.

진혁은 조직을 철저하게 자신의 수중에 넣고 운용하기를 바라기에 감히 예전 아버지의 수하들 중에서 세력을 키우려는 이들을 그냥 두지는 않았다.

물론 너무 강하게만 나가면 반발이 있기에 김용성을 앞세워 그런 불만 세력을 달래는 한편 자신의 영향력을 넓혀 나가는 중이다.

하지만 일단 아버지의 갑작스런 죽음으로 기울어져 가는 호텔과 조직을 정상화하는 것이 시급했다.

"일단 조직을 축소시키는 것이 우선입니다."

"아니, 축소시키다니…… 그게 무슨 소립니까?"

가득이나 조직이 위축이 되는 바람에 카지노까지 손님이

다른 호텔 카지노로 빠져 수익이 줄어들고 있었다. 그런 가운데 김용성이 조직의 규모를 지금보다 더 줄이자는 말을 하자 놀라서 물었다.

그런 최진혁을 보며 김용성은 자신의 생각을 진혁에게 들려주었다.

"현재 조직원 중에서 정상인 애들이 없습니다. 말은 하지 않지만, 그분에게 당해서 그런 것인지 하나같이 힘을 못 쓰고 있습니다. 특히나 압구정 쪽의 총책이던 철영이 애들 같은 경우는 거의 병신이 되어 버렸습니다. 막말로 혼자선 화장실도 가기 힘들 정도입니다. 그런 상태에서는 그 애들 간수와 조직의 구역을 건사하는 건 힘듭니다. 그러니……."

"그렇다고 조직을 축소하면 주변에서 그냥 두겠습니까?"

"하지만 어쩔 수 없습니다. 감당하지도 못할 것을 가지고 있다가는 이곳까지 막지 못할 수도 있습니다."

진혁은 용성의 말을 들으며 심각하게 고민을 했다.

확실히 현재 가지고 있는 전력(戰力)으로는 주변의 압박을 감당할 여력이 없었다.

하지만 진혁이 용성의 말에 순순히 수긍을 하지 못하는 것은 바로 밑에 위치한 강남의 상황 때문이었다.

현재 강남은 두목인 이진원이 죽고, 조직의 핵심 간부는 물론이고 정예 조직원들까지 다 묵사발이 나 무주공산(無主空山)이나 다름이 없었다.

들어가서 그냥 깃발만 꽂으면 되는 곳이었다.

맛있는 먹이가 날로 눈앞에 펼쳐져 있는데도 손을 대지 못하는 것 때문에 이러는 것이다.

만약 최만수가 살아 있었을 때 정도의 세력만 있었어도 날름 주워 먹었을 것이다.

그렇기 때문에 더욱 아까운 생각이 들어 용성의 말에 쉽게 동의를 못하고 있다.

"하지만 강남의 상태를 봤을 때, 그대로 두었다가는 누군가 자리를 차지할 것이 분명한데…… 그대로 두고 봐야 할까?"

"어쩔 수 없습니다. 능력도 되지 않는데 괜히 물었다가는 탈이 납니다."

솔직히 용성도 강남이 욕심나지 않는 것은 아니다.

하지만 능력도 되지 않으면서 과욕을 부렸다가 어떻게 된다는 것을 너무도 잘 알고 있는 용성이기에 억지로 참는 것이다.

"현재 조직도 지금 만수 형님이 돌아가시고 많은 조직원들이 다쳐 정비가 필요합니다. 그러니 괜히 강남에 눈 돌릴 것이 아니라 내부부터 정비를 하고 나서 주변을 살펴야 할 것 같습니다. 강남이 그렇듯 저희를 노리는 조직이 없지는 않을 것입니다."

계속되는 용성의 설득에 진혁도 강남을 단념할 수밖에 없었다.

정말로 용성의 말대로 현재 조직이 온전한 상태가 아닌데 무리하게 세력을 확장하려다가 다른 자들에게 어부지리를 줄 수도 있었다.

"그런데 김한수 의원과는 이대로 그냥 끝내는 것이 좋을까?"

진형은 문득 그런 의문이 들었다.

아버지 때까지는 서로 공생을 하며 잘 컸다.

그런데 요즘 와서 문제가 발생해 그 관계가 소원해졌고, 또 아버지의 죽음으로 완전 그 끈이 떨어져 버렸다.

이제 조직도 자신이 이어받았으니 김한수 의원과 다시 관계 개선을 하던, 아니면 그가 아닌 다른 곳에 줄을 대야만 했다.

이 문제로 최진혁은 많은 고민을 했다.

기존의 뒷배이며 또 지역구 의원인 김한수와 결별을 생각하기엔 이제 조직의 수장 자리에 앉은 최진혁으로서는 쉽게 결단을 내리기가 어려웠다.

솔직히 김한수 의원의 아들인 김병두 의원이 사고를 치는 바람에 고민이 되었다.

아버지의 사인이 심장마비라고 했지만, 최진혁은 사실

그 이야기를 믿지 않았다.

아니, 믿고 싶었다는 표현이 정확할 것이다.

아버지가 죽기 전 호텔 지하에서 조직원들이 누군가에게 습격을 당했다는 소리를 전해 들었다.

조직의 습격이었다면 그런 생각을 하지 않을 것인데, 그날 습격한 사람은 단 한 사람이었다는 이야기를 들어, 아버지의 죽음에 그가 관여했을 것이라 생각하게 되었다.

물론 아무리 자신과 사이가 그리 좋은 관계는 아니었지만, 아버지의 죽음을 그냥 받아들이기엔 뭔가 맺히는 것이 있었다.

그렇다고 복수를 꿈꾸기에는 그가 가진 능력이 너무나 무서웠다.

막말로 눈 위를 걷고, 대기(大氣)를 다루는 초능력자를 무슨 수로 막을 것인가?

더욱이 조직의 정예들이 모인 곳에 혼자 나타나 쓸어버리고, 또 자신의 조직보다 더 큰 조직인 강남의 진원파에 홀로 들어가 완전 무장한 수십 명의 진원파 조직원들을 격파하고 자신의 사무실에 있던 이진원 사장을 죽이지 않았는가?

경찰은 그것도 심장마비라 발표를 했지만, 조직들 사이에선 이미 그날 있던 일에 대한 내막이 다 퍼졌다.

진원파도 만수파만큼이나 혼란스러웠다.

두목이 죽고, 핵심 간부들이 모두 병신이 된 상태이기에 내부 단속을 할 수 있는 상황이 아니었다.

만약 조직의 간부들이 남아 있었다면 어떻게든 조직의 피해를 숨기며 단속을 했을 것인데, 모든 간부들이 그날 본거지인 진원 빌딩에 있다가 변을 당했다.

그 때문에 기존 사업장들을 관리하던 이들은 상위 간부들이 사라진 틈을 타 자신이 관리하던 곳을 차지하였다.

그러면서 각자 자신들의 기득권을 차지하기 위해서 이합집산을 하는 과정에서 주변으로 그날 있던 일의 내용이 외부로 퍼지게 되었다.

물론 그 소문을 전부 믿지는 않지만…… 그렇다고 강남을 주름잡고 있던 진원파가 정상이 아니란 것이 알려지면서 인근의 조직들이 강남을 눈독 드리고 있었다.

그 과정에서 만수파 또한 정상적인 상태가 아니란 것이 퍼졌다.

이 또한 최진혁이 최만수의 공백을 메우는 과정에서 공백 기간 때문에 소문이 나게 되었다.

이러다 보니 서울 전역의 암흑가가 술렁이기 시작했다.

서울의 노른자위인 강남의 주인이 없어졌다. 그 누가 유혹에 눈을 돌릴 수 있겠는가.

비록 압구정과 청담동 일대를 잡고 있는 만수파가 아직 남아 있긴 하지만, 그곳도 정상이 아니기에 강동이나 강북의 세력뿐 아니라 같은 서울이지만 세력이 약한 강서나 관악의 세력들도 강남을 주시하고 있었다.

그러한 때에 최진혁은 조직의 안전을 위해 김한수 의원의 밑으로 들어가는 것에 대하여 아무리 생각해도 확신이 서지 않았다.

조직들 간의 다툼 속에서 살아남기 위해선 꼭 뒷배가 필요하다.

그렇다고 김한수 의원을 찾아가는 것도 미래가 불안하고, 또 그렇다고 다른 곳을 찾자니 조직의 현 상태로는 그것 또한 어려웠다.

이러지도, 저러지도 못하는 처지이기에 최진혁으로서는 진퇴양난의 고비.

그래서 이렇게 김용성에게 자문을 구하는 것이다.

"그 문제는 일단 김한수 의원을 한 번 만나시는 것이 어떻겠습니까?"

"그러다 교관님과 만나게 되면……."

김용성에게 자문을 구하긴 했지만 그의 말대로 하기에는 꺼려지는 것이 있어 성환에 대해 물었다.

확실히 김용성도 이번에는 바로 말을 하지 못했다.

진혁보다 성환에 대해 더 많이 알고 있는 용성으로서는 정말이지 이런 식으로 성환과 만나고 싶은 생각이 없었다.

그렇기에 두목 최만수가 종혁의 일로 일을 꾸미려 할

때, 극구 말리고 또 말을 듣지 않자 진혁과 함께 해외로 도피를 한 것이 아닌가?

결과적으로 자신의 판단은 맞았다.

며칠 사이에 사고를 쳤던 최종혁이 원인 모를 고통에 시달리고, 또 두목인 최만수는 심장마비로 사망을 했다.

용성도 그 부분에서는 진혁처럼 성환을 의심하고 있었다.

아무리 나이를 먹었다고 하지만 최만수의 건강 상태는 아주 뛰어났다.

현역으로 뛰어도 될 정도는 아니라 해도, 비슷한 또래의 조직 보스들 보다 건강했다.

그런 최만수의 사인이 심장마비라고 한다면 다른 사람들은 모르지만 최진혁과 김용성은 납득을 할 수가 없었다.

하지만 최만수의 죽음에 이의를 표하지 않은 것은 성환에 대한 두려움도 두려움이지만 강남의 진원파의 상황을 들었기에 조용히 침묵을 하는 것이다.

괜히 이의를 제기했다가 성환이 찾아오기라도 한다면 그나마 남은 조직도 풍비박산이 날 것이 분명했기 때문이다.

"그래도 김한수 의원의 곁에 있다면 섣부르게 행동을 하진 않을 것 아닙니까?"

진혁은 김용성 전무의 말을 듣고 고심을 하였다.

그의 말대로 여당의 최고위원인 김한수가 있다면 아무리

그라도 섣불리 자신들 어떻게 하진 못할 것이란 생각이 들었다.

'그렇지! 아무리 교관님이 대단한 능력을 가지고 있다고 하지만, 개인이 거물급 국회의원에게까지 그렇게 할 수는 없을 것이다.'

진혁이 생각하기에도 솔깃하게 들렸다.

김한수 의원은 사실상 대통령에 버금가는 권력을 가진 사람이었다.

그의 아버지 대부터 내려온 집안 내력으로 정치권에서는 상당한 영향력을 행사하고 있었다.

또 문제가 있긴 하지만 그의 아들인 김병두 의원도 초선이 아닌 재선을 한 2선의 국회의원이다.

뿐만 아니라 곧 있을 총선에서 당선이 유력시되고 있는 의원이기도 하다.

그러니 진혁이 생각하기에 자신들의 뒷배로 다른 새로운 사람을 찾기보단 그래도 어느 정도 안면이 있는 그가 최적의 존재라 판단이 들었다.

"그럼 김 전무가 약속을 잡아 봐요."

"알겠습니다."

진혁은 조금 불안하긴 했지만 애써 그 불안을 떨치고 김한수 의원과의 만남을 결정했다.

그리고 그런 진혁의 명령에 김용성은 고개를 끄덕이며

대답을 했다.

대답을 하고 나가는 김용성의 뒷모습을 말없이 지켜보면서도 진혁의 눈은 불안으로 작게 흔들리고 있었다.

아버지를 죽인 원수이지만 그만큼 성환에 대한 두려움이 컸다.

그렇기에 조폭이면서도 감히 성환에게 복수란 생각을 하지 못하고 이렇게 뒷배를 찾는 것이다.

❖　　❖　　❖

진혁은 김용성 전무와 함께 칼튼 호텔로 들어섰다.

이미 김한수 의원의 보좌관인 김동한과 약속을 잡았기에 호텔로 온 것이다.

비록 약속 시간은 아직 1시간이나 남아 있었지만 어차피 아쉬운 소리를 해야 하는 진혁이기에 미리 나왔다.

괜히 늦게 나타났다가 밉보여 일이 계획대로 되지 않으면 자신만 손해이기 때문에 미리 서둘러 약속 장소로 왔다.

진혁은 약속 장소로 잡은 칼튼 호텔 VIP룸으로 향했다.

다른 사람들의 방해나 시선을 받지 않고 조용히 이야기를 나누기 적합한 곳이라 이곳으로 정했다.

원래라면 이런 곳을 찾을 일이 없었다.

국회의원들이라고 하는 것들이 주로 이용하는 곳은 남들의 시선을 무척이나 의식을 하기에 일반인들이 잘 찾지 않는 그런 곳이다.

그런데 무슨 바람이 있었는지 김한수 의원 쪽에서 이곳에서 약속을 잡았다.

뭔가 일이 있어 스케줄상 어쩔 수 없이 이곳으로 약속 장소를 변경하고, 시간까지 조금 늦췄다.

아마도 누군가 자신처럼 김한수 의원과 의논할 것이 있어 그런 것으로 보였다.

그 사람과 면담이 끝나면 자신을 만나는 것으로 전해 들었다.

"그건 잘 챙겼지요?"

"예, 일단 무기명채권으로 20억 준비했습니다."

"흠, 김한수 의원이 그것으로 만족할까?"

"조금 부족한 듯하지만 그래도 현재로선 저희가 마련할 수 있는 자금의 최대치입니다."

"그렇지, 제길…… 내가 그렇게 쓰지만 않았어도."

김용성의 말에 최진혁은 때 늦은 후회를 했다.

아버지 최만수가 종혁의 일로 자신의 말을 듣지 않고 뭔가 일을 꾸미려 할 때, 진혁은 자신의 안전을 위해 조직의 자금을 가지고 해외로 도피를 했었다.

만수파가 가지고 있는 카지노의 그날 수익과 호텔 금고

에 있던 비자금까지 모두 털어 외국으로 나간 것 때문에 최만수가 호텔과 조직을 운영하는 데 어려움을 겪기도 했다.

현재 최진혁이 최만수의 죽음으로 한국에 돌아와 조직을 정비할 때도 자신이 가지고 가 탕진한 자금 때문에 어려움을 겪고 있어 진혁은 이렇게 한숨을 쉬며 약속 장소로 걸어갔다.

준비한 뇌물이 적어 일이 원만히 해결이 되지 않으면 어쩌나 하는 걱정도 있었지만 어쩔 수 없지 않은가?

조직에서 남은 여유 자금을 몽땅 끌어모은 것이 20억뿐이니 말이다.

이것을 가지 어떻게든 해결을 봐야 했다.

그렇게 김용성 전무와 함께 복도를 걸어 약속 장소에 도착을 했다.

그런데 약속 장소인 VIP룸에는 선객이 아직 미팅을 끝내지 않은 것인지 문 앞에는 김동한 보좌관 경호원들이 입구를 지키고 있었다.

"안녕하십니까?"

진혁보다는 그래도 직급이 낮은 용성이 먼저 김동한 보좌관에게 인사를 하였다.

진혁이 비록 나이가 어리다고는 하지만 일단 조직의 두목이니 먼저 나서기보다는 전무인 김용성이 대신 나선 것이다.

김용성의 인사를 받은 김동한은 마주 인사를 하였다.

"어서 오십시오. 그런데 약속 시간보다 이른 시간에 오셨군요."

김동한은 일찍 도착한 것을 꼬집으며 말을 했다.

"아예, 어른을 만나는 자리에 늦으면 예의가 아니지 않습니까? 그래서 조금 서두른다는 것이 이렇게 이른 시간에 오게 되었습니다. 양해 부탁드립니다."

김용성은 김동한의 말을 받아 별다른 표정 변화 없이 말을 받았다.

"아직 의원님께서 손님과 이야기가 끝나지 않았으니 기다려 주십시오."

"알겠습니다. 저흰 로비에서 대기를 하고 있겠습니다."

"그렇게 하십시오."

아직 손님과 이야기가 끝나지 않아 기다리라는 말에 진혁과 용성은 다시 로비로 이동을 하였다.

칼튼 호텔 1층에 있는 카페에서 기다리기로 하였다.

"우리의 처지가 많이 안 좋은 것 같습니다."

"그게 무슨 소립니까?"

진혁은 갑작스런 용성의 말에 고개를 돌려 물었다.

너무도 뜬금없는 소리였기에 걸음을 멈추고 용성을 쳐다보았다.

그런 진혁에게 김용성은 걸음을 멈추고 진혁에게 설명을 했다.

"형님이 돌아가시기 전 저자를 만난 적이 있습니다. 그때도 만수 형님을 모시고 김한수 의원을 보러 이렇게 동행을 했었는데, 그때 저자는 저나 만수 형님에게 저런 태도를 보이지 않았었습니다. 그런데 만수 형님이 없다고 사장님을 이리 대우를 하다니, 참 격세지감을 느끼게 하네요."

확실히 김용성으로서는 오늘 김동한에게 받은 대우를 생각하면서 많은 것을 느끼게 했다.

최만수 사장이 있을 당시만 해도 김동한은 최만수를 수행하는 자신에게 저렇게 막대하지 않았다.

김한수 의원과 최만수 사장은 국회의원과 깡패라는 신분을 떠나 악어와 악어새 마냥 공생하는 관계.

비록 김한수 의원이 국회의원이라는 권력을 가지고 있는 사람이긴 하지만, 최만수 사장도 상당한 힘을 가지고 있는 사람이었다.

김한수 의원과 20년을 넘게 손을 잡고 일을 하다 보니 김한수 의원의 비리도 많이 알고 있어 함부로 대우하지 않고 측근에 준하는 대우를 하고 있었다.

그렇기 때문에 김한수 의원의 보좌관인 김동한도 감히 무시하지 못하고 조심을 했었다.

막말로 보좌관은 그냥 내치면 되는 문제였지만, 최만수

사장과 만수파는 그런 식으로 내칠 수 있는 존재가 아니었기에 김동한이 알아서 최만수와 그를 보좌하는 김용성을 대우해 주었다.

그러던 것이 최만수 사장이 죽고 만수파가 어려워지자 이렇게 대우가 바뀌었다.

예전 같으면 손님이 있어 이야기가 끝나지 않았다면, 김동한이 나서서 대기실을 준비해 주었을 것인데, 지금은 그렇지 않고 그저 기다리라는 말을 하고 있다.

그런 것을 보며 김용성은 역시나 사람은 힘을 가지고 있어야 한다는 생각을 하게 되었다.

◈　　◈　　◈

호텔 로비가 보이는 카페에서 조용히 차를 마시며 대기를 하고 있었다.

그런데 김용성의 눈에 이상한 장면이 눈에 들어왔다.

김한수 의원과 그의 아들인 김병두 의원이 누군가와 함께 걸어 나오는 것이 눈에 띄었다.

김병두 의원은 뭔가 불만이 가득한 얼굴로 굳어져 있었지만, 김한수 의원의 표정은 뭔가 자신의 생각만큼 일이 진행된 것인지 김병두 의원보다는 풀어져 있었다.

비록 김용성이 나이를 많이 먹은 것은 아니지만 눈썰미

하나는 자신하고 있었다.

사실 김용성은 자신이 깡패가 될 것이라고는 한 번도 생각한 적이 없었다.

어려서부터 깡도 있고 또 싸움에 자신도 있었다. 해서 특전사에 지원을 해 군 생활을 했다.

군대는 김용성의 성격과 무척이나 잘 맞았다.

하지만 그놈의 술이 원수였다.

휴가를 나갔다 동기들과 술집에서 술 한잔한다는 것이 그만 깡패들과 시비가 붙고 말았다.

특전사는 특전사여서 배나 되는 숫자의 깡패들과 싸움을 하였지만 오히려 그들을 묵사발 내고 말았다.

아무리 그들이 깡패라곤 하지만 일단 군인과 민간인의 집단 패싸움으로 보도가 되고 말았다.

그 때문에 용성은 당시 강제 전역을 당했다.

그리고 사회에 나와 적응을 하지 못하고 전전긍긍하다 알음알음 암흑가에 실력이 알려져 최만수에게 스카우트 되었다.

그 뒤로 특전사에서 배웠던 실력을 살려 조직의 3인자에까지 오르게 되었다.

눈썰미와 상황 판단으로 이 자리에 오른 용성은 조금 전 자신의 눈에 보인 장면을 믿을 수가 없었다.

전혀 접점이 없는 사람들이 만나 아니, 자신이 알기로는 조카의 문제로 두 사람이 골이 깊어야 맞는데 한 자리에 있는 것이 너무도 이상했다.

그런데 또 자세히 보면 그들의 조화가 좀 이상한 면을 알 수가 있었다.

분명 뭔가 합의를 본 것 같은 분위기인데, 성환과 김병 두 의원의 표정 그리고 김한수 의원의 표정이 제각각이었다.

한 명은 불만이, 한 명은 만족을, 마지막으로 한 명은 무표정이었다.

하지만 자신이나 최진혁 사장이 걱정하던 정도로 날을 세운 모습은 아니란 점이 다행이었다.

만약 이 장면을 보지 못했다면 자신이나 최진혁 사장이 진행하려는 일에 어떤 영향을 받을지 알 수 없었기 때문이다.

"사장님, 저기를 한 번 보십시오."

김용성의 말에 진혁은 혼자 생각을 하고 있다 고개를 돌려 용성이 가리킨 방향을 보았다.

그리고 김한수 의원과 함께 걸어가고 있는 성환의 모습을 보았다.

자신이 예전 군대에 있을 때 보았던 모습과 전혀 변한 것이 없는 모습이라 놀랐다.

벌써 5년이나 지난 세월이 흘렀는데, 지금 본 정성환 교관의 모습은 바꾸지 않았다.

아니, 전보다 더 젊어진 모습이라 이제는 함께 있으면 누가 더 나이가 많은지 분간이 가지 않을 정도로 젊은 모습이었다.

"허, 교관님이 왜 김한수 의원과 함께 있는 것이지?"

"그러게 말입니다. 아직 저희를 본 것 같지 않으니 일단 몸을 피하는 것이……."

김용성은 혹시나 자신들의 존재를 들킬 것을 생각해 몸을 틀었다.

특전사에 있을 당시 교관인 성환에 관한 많은 이야기들 중에서 어쩐 일을 할 때면 하나에서 열까지 모든 것을 면밀히 살펴본 뒤 작전에 들어간다 하였다.

그러니 조카의 일 때문에 손을 썼다면 분명 자신의 조직에 관한 것을 가장 먼저 조사를 했을 것이 분명했다.

만약 그렇다면 자신들의 존재도 분명 알려졌을 것이 빤하기에 용성은 얼른 진혁에게 주의를 주며 시선을 돌렸다.

그리고 진혁 또한 용성의 주의를 듣고 고개를 돌렸다.

하지만 성환에게서 시선을 돌린다고 돌린 이 둘의 모습은 우연히도 성환의 귀에 들어오게 되었다.

◈　　◈　　◈

상호간에 위해(危害)를 하지 않는다는 조건으로 합의를
본 성환과 김한수 의원은 밖으로 나왔다.

"앞으로 무슨 일을 할 건가?"

"제가 그런 것도 의원님께 보고를 해야 하는 것입니
까?"

"아니, 그런 것은 아니고, 유능한 인재를 그냥 사회에
썩히는 것도 죄가 아닌가? 그래서 생각이 있다면 내 밑으
로 들어오는 것은 어떤가 하고 제안하는 것이네."

"그냥 저에 관한 것은 신경 끄고, 서로 보지 않았으면
합니다."

성환의 조금 날이 선 말에 김한수 의원은 인상을 잠깐
찌푸리다 다시 언제 그랬냐는 듯 표정을 바꾸며 헛웃음을
지었다.

"허허!"

두 사람의 이야기를 듣고 함께 걷고 있던 김병두는 자신
의 아버지가 저런 무례한 말을 듣고도 웃고 있는 것이 너
무나 이상했다.

"이만 가 보겠습니다. 약속만 지켜 주시면 저도 더 이상
행동을 하지 않을 것입니다."

성환은 김한수 의원에 말을 하면서도 그의 눈은 자신의
누나를 죽게 만든 김병두 의원을 쳐다보며 말을 하였다.

김병두 의원은 자신을 쳐다보는 성환의 눈에 겁을 먹고

고개를 돌리고 말았다.

말을 하면서 자신을 쏘아보는 눈빛이 너무나 차갑고 시렸기 때문이다.

"하하, 알았네! 자네만 더 이상 문제를 일으키지 않으면 우리도 약속을 지키지!"

"항상 먼저 문제를 일으켰던 것은 제가 아니라 의원님의 손자와 아드님이셨습니다."

성환은 김한수 의원이 마치 자신이 문제를 일으키고 있는 것처럼 말을 하자, 이번 일의 주체가 누구 다시 한 번 확인시키며 작게 살기를 펼쳤다.

성환이 피워 내는 살기는 평범한 것이 아니어서 김한수 의원에게 마치 맹수의 앞에 홀로 떨어져 있는 듯한 느낌을 받게 하였다.

한 번도 경험한 적이 없는 무척이나 낯선 이 느낌은 김한수로 하여금 성환을 쉽게 생각하지 못하게 만들었다.

김한수 의원은 오늘 성환을 불러 협상을 하면서도 속으로는 총선을 앞두고 귀찮음을 피하기 위해서란 생각을 하고 있었다.

치안의 부안정은 막말로 여당에게 좋을 것이 하나 없기 때문이다.

아무리 조직폭력배라고 하지만 몇 십 명이 건물 내부에서 피투성이가 되어 병원에 실려 가는 것은 일반적으로 생각할 수 없는 심각한 일이다.

7—80년대 경제 개발과 함께 벌어졌던 암흑가의 전쟁은 무척이나 치열했다.

그 당시 치안을 잡기 위해 정부는 군대까지 동원해 범죄와의 전쟁을 하지 않았던가?

그런 강력한 수단을 지금은 사용할 수가 없다.

그러니 김한수 의원으로서는 어떻게든 총선이 끝날 때까지 만이라도 사건 사고가 없길 바라는 마음에 오늘 성환을 만나 협상을 벌인 것이다.

그런데 지금 그에게서 느껴지는 알 수 없는 기운은 별것 아니라 생각했던 성환의 평가를 다시 쓰여지게 만들었다.

함부로 건드렸다가는 오히려 잡아먹힐 수도 있는 맹수란 것을 이제야 깨닫게 되었다.

'이런, 이상덕 의원의 말을 그저 과장이라고만 생각했는데……. 조심해야겠군.'

김한수 의원은 전에 이상덕 의원을 통해 들었던 성환에 대한 내용이 오히려 과소평가되었다는 것을 깨달았다.

"음, 그럼 그렇게 알고 난 약속이 있어서."

성환을 더 이상 대하다가는 너무 위축이 될 것 같아 얼른 자신의 할 말만 하고 뒤돌아섰다.

김한수 의원의 그런 모습에 성환은 눈에 살짝 이채를 띠다 돌아섰다.

볼일이 끝난 성환은 더 이상 이곳에 있을 필요성을 느끼지 못하고 호텔을 빠져 나가려던 때, 이상한 느낌이 들었다.

마치 누군가 자신을 주시하는 느낌을 받았다.

이것은 성환의 무공 경지가 상당한 경지에 올라 있다는 증거.

현재 성환은 자신도 모르고 있지만, 이미 인간이라고 할 수 없을 지경에 도달해 있었다.

하지만 그것을 인식하지 못하기에 그만한 힘을 쓰지 못할 뿐.

아무튼 자신의 감각이 전해지자 고개를 돌려 자신을 쳐다보고 있는 존재를 찾았다.

'저들은?'

고개를 돌린 성환의 눈에 들어온 사람은 다름 아닌 자신이 죽인 최만수의 아들과 언젠가 본 적이 있는 사람이었다.

성환의 기억에 그 사람은 한때 자신의 밑에서 훈련을 받던 이였다.

비록 그때보다 나이가 들었지만 못 알아볼 정도는 아니었다.

'두 사람이 왜 같이 있는 것이지?'

성환은 조폭인 최만수의 아들과 자신에게 교육을 받았던

특전사 대원이 한 자리에 있는 것에 이상한 생각이 들긴 했지만 곧 생각을 떨치고 자리를 떠났다.

비록 자신의 분노가 극심할 때이고, 또 그가 죽을죄를 지었다고는 하지만, 자신의 손으로 죽인 사람의 아들을 보고 있는 것은 그리 유쾌한 기분은 아니기에 서둘러 자리를 떠났다.

한편 성환이 자신을 돌아본 것도 모르고 김용성과 최진혁은 한동안 로비에는 고개를 돌리지 않고, 그렇게 성환이 자리를 떠난지도 모른 채 있었다.

그리고 두 사람이 움직인 것은 성환과 협상을 끝낸 김한수 의원이 로비에서 마지막으로 성환과 헤어질 때 받았던 충격을 해소하기 위해 어느 정도 시간을 보낸 뒤, 보좌관인 김동한을 시켜 두 사람을 부를 때서야 자리를 떠났다.

◈　　◈　　◈

"자리에 앉게. 그래, 나를 보자고 했다고?"

성환과 협상을 했을 당시와는 다르게 김한수 의원의 표정은 무척이나 여유가 있었다.

방 안으로 들어오는 최진혁과 김용성을 맞으며 김한수 의원은 한껏 거드름을 피우며 두 사람을 내려다보며 이야기를 했다.

"예, 의원님. 그동안 일이 좀 있어서 이렇게 인사가 늦었습니다."

최진혁은 늦게 김한수에게 변명을 하며 인사를 했다.

그런 최진혁의 모습에 김한수 의원은 눈을 번뜩였다.

솔직히 김한수 의원은 최만수가 죽었다는 소식을 듣고 만수파에 관해서는 관심을 접었다.

사실 찾아보면 그에게는 최만수처럼 자신의 손발이 되어 줄 존재는 많았기 때문이다.

다만 최만수만큼 일을 깔끔하게 처리할 수 있는 사람을 찾는 것이 관건이긴 하지만 말이다.

"아버지를 따라 몇 번 뵌 적은 있는데, 얼마 전 아버지계서 돌아가셔서 조직을 정비하느라 이제야 찾아뵙습니다."

"그래, 아버지 상(喪)은 잘 치렀나?"

진혁과 김한수는 주거니 받거니 하면서 가볍게 이야기를 하기 시작했다.

한참을 그간의 일과 현재 주변에 발생하고 있는 일들을 이야기하다 진혁은 옆에 앉아 있는 김용성에게 눈짓을 하였다.

진혁의 신호를 받은 김용성은 얼른 옆에 놔두었던 검은색 007가방에서 서류 봉투를 꺼내 테이블 위에 올렸다.

탁!

테이블 위에 서류 봉투가 올라오자 김한수 의원은 이미 짐작을 하면서도 짐짓 모르는 척 진혁에게 물어왔다.

"이게 뭔가?"

"별거 아닙니다. 나라를 위해 고생하시는 의원님을 생각하는 제 성의입니다."

진혁의 말이 있자 김한수 의원 옆자리에 있던 김동한이 자리에서 일어나 테이블 위에 올려 진 서류 봉투를 받아 챙겼다.

"뭐, 이런 걸 다 준비를 했는가? 그래 요즘 사업이 좀 어렵다며?"

"예, 아버지가 돌아가신 틈을 타고 주변에서 좀 시끄럽게 하고 있습니다. 좀 도움을 주셨으면 합니다."

진혁은 슬며시 현재의 상황을 언급하였다.

그러자 지금 받은 것이 있으니 고개를 끄덕여 보이며 원하는 답변을 해 주었다.

"알겠네, 내가 언질을 줄 터이니 걱정하지 말게."

"감사합니다."

자신의 목적을 이룬 진혁이 자리를 일어나려는데, 갑자기 김한수 의원이 뒤에서 질문을 했다.

"참! 자네는 그 소문 들었나?"

"어떤?"

"강남의 이 사장이 자네 아버지처럼 심장마비로 죽었다

더군."

"그렇습니까?"

두 사람이 이미 다 알고 있으면서 모르는 척, 이야기를 하였다.

질문을 하는 김한수나, 대답을 하는 최진혁이나, 둘 다 서로가 내용을 다 알고 있음 또한 잘 알고 있었다.

하지만 겉으로 보이지 않고 모르는 척 말을 이었다.

"참 안 됐어, 젊은 나이에 그렇게 가다니."

"음……."

최진혁은 김한수 의원이 무슨 말을 하려는지 짐작도 가지 않아 짧은 신음을 흘렸다.

"전부터 내 자네 선친에게 사업 진출을 이야기했었는데 말이지……."

김한수는 말끝을 흐리며 뭔가 여운을 남기며 진혁을 주시했다.

진혁은 그런 김한수 의원의 의도가 무언지 잠시 생각을 해 보았다.

'이자가 무슨 일로 이렇게 뜸을 들이지?'

이미 용성과는 강남에 대해 신경을 끊기로 했지 않은가?

그런데 이렇게 김한수 의원이 뭔가 부추기는 듯 말을 꺼내자 슬며시 욕심이 생기고 있었다.

하지만 곧 마음을 접었다.

이곳에 오기 전에도 김용성과 이야기를 했지만, 현재로서는 만수파에 그만한 여력이 없었다.

진원파 못지않게 만수파도 핵심 전력이 많이 축나 있었다.

그 때문에 현재 기존의 구역을 정리하는 데만도 버거워 한동안 기존 조직원들을 그냥 놔두고 있었다.

조직의 본부인 샹그릴라 호텔이 있는 청담동은 이미 정리가 되었지만, 아직 압구정 쪽은 정리가 미흡하다.

두 지역을 완벽히 단속을 한 뒤라고 해도 만수파에게는 강남을 넘볼 여력이 생기는 것도 아니다.

그래서 지금 김한수 의원이 하려는 말이 빤하지만 거절할 수밖에 없었다.

"말씀은 고맙지만 아직 정비가 부족해 강남까지 사업을 확장하기에는 힘이 미치지 못합니다. 죄송합니다."

진혁이 자신의 제안을 거절하자 김한수 의원은 별거 아니란 듯 그의 말을 받았다.

"그래? 그럼 어쩔 수 없지. 여력이 없다니 좋은 기회였는데 말이지."

말은 거절한 것에 별로 상관하지 않는 듯 말을 하고 있지만 그의 눈빛은 그렇지 않음을 나타내고 있었다.

'아니, 어린 자식이 감히 내 말을 거절해?'

"그럼 이만 물러가겠습니다."

"그러게, 멀리 나가지 않겠네."

최진혁과 김용성은 김한수에게 인사를 하고 밖으로 나갔다.

두 사람이 밖으로 나가자 김한수 의원의 표정이 바로 바뀌었다.

조금 전 뇌물을 받을 때와 전혀 다른 표정이었다.

그런 김한수의 표정을 읽은 김동한은 조심스럽게 말을 걸었다.

"의원님 늦었습니다, 그만 들어가시지요."

"그래, 그런데 요즘 젊은 것들이 너무 건방져졌어. 예전엔 안 그랬는데 말이야."

갑작스런 김한수 의원의 말에 김동한은 한동안 말을 하지 않았다.

무슨 의도로 그런 말을 했는지 의중을 파악해야만 했기 때문이다.

괜히 이런 때에 잘못 나섰다가는 모든 일을 뒤집어쓰고 폐기되는 수가 있기 때문이다.

그리고 그런 일을 김동한은 몇 번 본 적이 있었다.

막말로 자신이 아무리 수십 년을 김한수 의원의 손발이 되어 그를 보좌했다고 하지만, 자신의 밑으로 자신과 같은 일을 할 사람은 항시 대기 중이다.

경쟁자를 쳐 내고, 짓밟고, 올라서는 것은 국회의원만이 아니다.

오히려 자신과 같은 그 주변인들이 더욱 치열하게 싸운다.

공천 한 번 받겠다고 자신도 십 수 년을 김한수 의원의 수발을 들고 있지 않은가?

김동한은 오늘 문득 이상한 기분이 들었다.

오전 계룡대까지 내려가 정성환이라 사람을 데려오는 것에서부터 이상한 기분에 사로잡혔다.

막연히 자신의 앞날에 뭔가 큰 변화가 있을 것 같다는 그런 막연한 느낌.

그러면서 그동안 신뢰를 하던 김한수 의원에 대한 작은 의심이 피어나기도 했다.

처음 본 자를 십 수 년 보좌를 한 자신에게 하지 않는 말을 하지를 않나, 금방까지만 해도 웃으며 대화를 하던 이가 나가자 뒤에서 차갑게 이를 드러내는 모습이나 무척이나 낯설었다.

이전에는 정치를 하려면 저런 가면도 필요하다 생각했는데, 지금은 아니었다.

8.
프로젝트의 시작

김한수 의원과 시간을 벌기 위한 협상을 끝내고 집으로 돌아와 생각에 잠겼다.

원수나 다름없는 그와 협상을 하긴 했지만, 그나 자신은 속으로 상대에 대한 칼을 갈았다.

고사(故事)에 나오는 원수지간인 오나라 사람과 월나라 사람이 한 배를 타고 강을 건넜다는 오월동주(吳越同舟)의 말처럼 두 사람은 속내를 숨기고 협상을 벌였다.

협상 과정이야 어떻게 되었든 성환이나 김한수 의원은 서로가 원하는 시간을 벌었다.

하지만 김한수 의원보다는 성환의 상황이 그리 좋다고 할 수는 없었다.

삼청(三淸)프로젝트의 진행이 자신으로부터 시작이 될 것이란 것을 잘 알기에 성환의 앞으로의 행보가 무척이나 중요했다.

그런데 시간을 벌긴 했는데, 막상 일을 시작하려니 무척이나 답답했다.

그도 그럴 것이 성환에게는 아무런 기반이 없었기 때문이다.

개인적 무력이라면 남아돌 정도로 충분했다.

영화에 나오듯 아무 곳이나 쳐들어가 그들을 물리치고 자신이 그 조직의 두목으로 앉는 그런 말도 되지 않는 일이 현실에서 벌어질 것이란 생각은 들지 않았다.

그래서 어떻게 하면 자신이 자연스럽게 조직폭력배의 세계로 자연스럽게 들어갈 것인지 고심을 하게 되었다.

하지만 아무리 해도 마땅히 떠오르는 좋은 생각이 없었다.

지금까지 성환이 성장해 온 과정에서 그런 쪽과 연관이 되어 본 적이 없었기 때문이다.

물론 수진과 누나의 일로 몇몇 조직에 쳐들어가 그들을 처리하긴 했지만, 그것이 앞으로 자신이 그들의 위에 군림하며 지배해야 하는 일과 직접적으로 연관이 있는 것은 아니다.

때려 부수는 것과 지배하는 것은 엄연히 다른 문제인 것이다.

이런 저런 생각을 해 보지만 좋은 생각이 나지 않아 답답한 마음에 처음 이 프로젝트를 기안(起案)한 세창에게 전화를 걸었다.

"지금 시간 좀 있냐? 좀 만나자."

세창과 약속을 잡은 다음 전화를 끊었다.

약속 장소는 세창이 근무하는 정보사령부 인근으로 잡았다.

◆　　　◆　　　◆

"여기다."

성환은 이제 민간인 신분이라 시간의 구애를 받지 않지만 세창은 아직도 군인의 신분이기에 행동이 어느 정도 제한을 받기에 성환이 먼저 약속 장소에 나와 세창을 기다렸다.

"그래, 무슨 일로 보자고 한 거냐?"

"뭐가 그리 급해? 바쁜 일이라도 있냐?"

"그런 아니지만, 네가 날 먼저 보자고 해서 이상해서 그런다."

"그게 뭐가 이상하다고……."

성환은 세창의 말을 듣고 고개를 갸웃거리며 함께 자리

했다.

"그래, 오늘 아침에도 보고 또 무슨 일로 날 찾았냐?"

세창은 오늘 아침 전역 신고를 마치고 나오는 성환을 찾아가 잠시 이야기를 나눴었다.

그런데 저녁에 자신을 먼저 찾은 것이 너무나 궁금해 자리에 앉자마자 다시 한 번 물었다.

그런 세창의 모습에 성환은 집에서 고민하던 것을 세창에게 들려주었다.

"다름이 아니라, 네 말대로 일을 추진하려는데 솔직히 너무 막막하다."

"막막하다니?"

"너도 그렇지만 나도 지금까지 군에서만 생활을 했다. 그런데 필요에 의해서 이젠 지금까지와는 전혀 다른 세계에 발을 담가야 하는데, 그곳에 대해 내가 아는 것이 하나도 없지 않냐?"

세창은 성환의 이야기를 듣고는 성환이 무엇을 말하는지 짐작할 수가 있었다.

"그러니까 네 말은 앞으로 네가 몸담아야 할 세계에 대한 정보가 부족할뿐더러, 어떻게 일을 추진할 것인지 그것이 알고 싶다는 말이냐?"

성환은 세창의 말에 고개를 끄덕이며 말했다.

"그래, 무슨 영화에서처럼 아무 조직이나 쳐들어가 깨부

수고 차지하는 그런 땅따먹기 놀이가 아니지 않냐?”

확실히 그건 성환의 말이 맞았다.

영화는 조직폭력배의 생활을 무척이나 미화시켜 놓은 경향이 있었다.

조직원 간의 의리는 이미 사라진 지 오래다.

한순간의 방심이 죽음으로 다가오는 비정한 세계로 전락한 지 한참이 지난 곳이 바로 조직폭력배의 세계다.

물론 개중에는 의리를 지키는 건달(乾達)이 없다고는 할 수 없겠지만 현재의 조직폭력배는 영화 속의 건달과는 거리감이 있었다.

말로는 의리를 찾지만, 그들의 의리는 모두 돈과 연관된 의리.

힘이 있다면 그런 의리쯤은 수시로 뒤집어지는 것이 여반장(如反掌)이었다.

그러니 성환이 그 세계로 들어가기 위해선 시작이 중요했다.

프로젝트를 진행하려면 예전 일제강점기에 조선의 주먹들이 상인들을 보호하기 위해 결성되었던 건달들처럼 성환 자신의 말에 전적으로 믿고 따르게 만들어야 했다.

막말로 군대에서 자신에게 가르침을 받던 특수부대원들처럼 만들어야 한다는 것이다.

성환이 교관으로 있으면서 보였던 그 카리스마는 아무리

뛰어난 대원이라고 해도 끽 소리 못하고 따르게 만들었다.

어떻게 보면 군대나 조폭이나 비슷한 구조를 가지고 있었다.

많이 변질되긴 했지만 조폭을 군대의 조직과 비슷하게 만들어야만 성환과 세창이 이루고자 하는 계획이 완성이 되는 것이다.

그러니 처음 성환이 손에 넣어야 할 조직과의 관계가 무엇보다도 중요했다.

현재 도와줄 세력이 없으니 처음 찾아갈 조직은 성환에게 암흑가를 평정할 기반이 될 조직이 되야 한다.

세창과 성환은 그 문제에 관해 심도 있는 대화를 나누었다.

장시간 의논을 해야 했기에 장소를 바꿔 저녁을 먹으며 많은 대화를 하였다.

◈　　◈　　◈

김한수 의원과 미팅을 끝내고 호텔로 돌아온 최진혁의 표정이 펴지지 않았다.

어렵게 자금을 마련해 청탁을 하러 갔는데, 김한수 의원의 반응이 영 시원치 않았기 때문이다.

말로는 자신이 뒤를 봐주겠다, 이야기를 하지만 말 속에 무게가 없었다.

그리고 결정적으로 최진혁이 인상을 찡그리는 것은 다름이 아니라 김한수 의원이 은근하게 하던 말을 역량이 되지 않기에 거절했을 때, 김한수 의원의 표정을 보았기 때문이다.

김한수 의원은 모르겠지만 진혁의 눈에 그가 순간 눈초리가 굳어지는 것을 보았다.

물론 그것을 보았을 때만 해도 진혁은 자신이 착각했다 생각했었다.

하지만 미팅을 끝내고 돌아오면서 김한수 의원과 한 대화를 되짚어 보다, 그게 아니란 생각이 번쩍 들었다.

자신의 말을 고사(固辭)했던 것 때문에 그렇게 표정이 바뀌고, 이후의 많은 말이 오갔지만 모두 내용 없는 이야기만 주절거리다 헤어졌다.

이런 사실을 뒤늦게 깨달은 진혁의 마음이 편치 못했다.

"사장님, 무슨 고민 있으십니까?"

진혁이 고민하는 것을 보던 용성이 물었다.

그런 용성의 질문에 진혁은 아까 전 자신이 느낀 것에 대하여 설명을 했다.

"아무래도 김한수 의원을 찾아간 것이 별 도움이 못될 것 같아 그럽니다."

"도움이 못되다니요?"

"김 전무님은 못 보셨나 본데, 김한수 의원에게 우린 별로 신경 쓸 만한 존재가 못되나 봅니다."

"그 무슨……."

김용성은 진혁의 말을 들으면서 인상이 절로 구겨졌다.

명예를 뒤로 하고 조폭계로 투신하게 되었지만, 용성은 자신이 속한 이 만수파에 대한 자부심이 대단했다.

비록 조폭이긴 하지만 자신이 만수파에 있으면서 다른 조직들처럼 양아치처럼 지저분하게 일을 하진 않았다.

조직의 자금을 위해서 억지로 업소에 강매를 하지도 않았고, 또 업소 직원들에게 강제로 약을 주사하지 않았다.

다른 조직 같으면 한 푼이라도 더 벌기 위해 자신들의 구역에 있는 업소에 물건을 공급하면서 강매를 하였고, 또 업소의 직원들을 마약에 중독되게 하여 자신들이 파는 약을 소비하게 만들었다.

한 마디로 업소를 보호하는 것이 아닌, 업소를 자신들이 가지고 있는 물건들의 소비처로 생각하고 골수까지 빨아먹는 거머리 짓을 하고 있었다.

하지만 만수파는 그런 일을 하지 않아도 충분했기에 그런 일을 하지 않았다.

조직의 수입 중 마약이 마진이 가장 크기에 어느 조직이나 마약을 다룬다.

그리고 만수파도 마찬가지로 마약을 취급했다.

그렇지만 업소의 직원들을 일부로 중독시키지는 않았다.

그들이 아니라도 만수파가 장악한 구역에서 마약을 소비할 사람은 널리고 널렸기 때문이다.

그러했기에 김용성은 비록 조폭이지만 자신의 품에 들어온 사람은 보호하고 있다는 생각에 자부심이 대단했다.

다른 조직이야 어찌 되었든 만수파는 진정한 건달이라고 생각했기 때문이다.

그런데 진혁의 이야기를 들어 보니 김한수 의원에게는 그들이나 자신들이나 똑같은 부류고, 또, 필요에 의해 쓰고 버릴 수 있는 그런 소모품에 지나지 않았던 것이란 사실을 알게 되었다.

정말이지 최만수 사장이 죽고 많은 변했다는 것을 다시 한 번 깨닫게 되었다.

"그럼 어떻게 하실 것입니까? 이대로는 외부의 견제도 문제지만, 아직까지 조직에 합류하지 않는 압구정 쪽의 인원도 문제가 됩니다."

"저도 그게 고민입니다. 그들만 말을 들어준다면 금방 회복할 수가 있는데…… 저렇게 버팅기니…….."

말을 다하지 못하고 진혁은 말끝을 흐렸다.

생각만 해도 화가 났다.

아버지가 살아 계실 때만 해도 그들은 자신에게 깍듯이

대우를 해 주었다.

그런데 몇 달 사이 관계가 변했다.

진혁은 그래도 만수파는 다른 조직과 다르다 생각했는데, 그들은 아니었다는 생각에 암담한 생각이 들었다.

마지막 희망을 걸고 김한수 의원을 찾은 것도 아니한 만 못한 것이 되었기에 더욱 암담했다.

한참을 고민하던 진혁은 김용성에게 자신의 결심을 이야기했다.

"아무래도 이대로는 안 되겠습니다."

"어떻게 하시려고요?"

"저들이 저를 인정하지 못하겠다면…… 그냥 이대로 결별하는 것이 좋겠습니다."

"그렇게 되면 저희의 세력이 너무 축소됩니다."

"그건 알고 있습니다. 하지만 억지로 조직을 묶는다면 저들은 무슨 짓을 할지 모릅니다. 솔직히 지금 청담동도 완벽하게 장악된 것은 아니지 않습니까?"

"그렇긴 합니다만."

"괜히 무리해 그들을 받아 주고 또 그들의 요구를 들어주기 시작하면, 먼저 저에게 들어온 조직원들도 불만이 나올 것이 분명합니다. 그러게 되면 결과는 보지 않아도 뻔하지 않겠습니까?"

"……알겠습니다."

용성은 진혁이 무슨 말을 하려는지 알고 진혁의 말에 수긍하고 말았다.

급하게 수습을 하긴 했지만 현재 조직의 여러 계파들이 진혁을 두목으로 인정하고 있는 것은 아니었다.

진혁이 강남이라 자리에 앉고 또 조직의 3인자였던 용성이 뒤를 받쳐 주자 군소리 없이 따르고는 있지만, 압구정을 책임지고 있던 조직의 넘버 2였던 박일권이 진혁의 나이를 들어 반발하고 있었다.

만수파가 가지고 있는 구역 중 압구정을 책임지고 있는 박일권은 사실 압구정에서는 최만수 못지않은 힘을 발휘하고 있었다.

그러다 최만수가 죽고 잠시 두목의 자리에 공백이 있을 때, 세력을 이끌고 만수파 두목의 자리에 도전을 하려 했지만, 최진혁과 김용성이 급하게 최만수의 사망 소식을 듣고 복귀를 하는 바람에 뜻을 이루지 못했다.

사실 세력에서야 2인자인 박일권이 크지만 개인적인 무력에서는 김용성이 더 뛰어났기 때문에 함부로 덤비지 못한 것이다.

싸워 봐야 엉뚱한 놈이 자리를 차지할 공산이 컸기에 충돌을 양쪽 다 자제하였다.

박일권도 조직에 욕심은 나지만 잘못하면 외부 세력에 자신이 맞고 있는 구역을 뺏길 수도 있기 때문에 그런 판단을 하였다.

지금도 박일권은 자신의 도움이 있어야 하는 최진혁에게 많은 것을 요구하고 있었다.

가장 크게 주장하는 것은 바로 상납금 문제인데, 박일권은 사실상 최진혁에게 상납금을 내지 않겠다는 통고를 했다.

겉으로야 한 조직처럼 보이지만, 박일권이 조직의 두목인 최진혁에게 상납금을 보내지 않겠다는 통보를 한 순간부터 둘은 갈라선 것이나 다름이 없었다.

그런 박일권의 통보를 받고 아무런 조치를 취하지 않은 것을 혹시라도 이런 소문이 외부에 퍼졌다간 다른 조직에서 쳐들어올 수도 있기 때문에 어쩔 수 없이 지금까지 조용히 있었다.

아니 그런 이유도 있었지만 김한수 의원을 만나 그가 자신을 도와준다는 언질을 받게 되면 외부 세력은 신경 쓰지 않고 박일권을 쳐 낼 수 있다는 생각에 그동안 미뤄 온 것이다.

하지만 오늘 마지막 희망이 꺾였다.

오늘 만난 김한수는 예전 아버지를 따라 만났던 그 사람이 아니었다.

자신이 보기에 아버지는 참으로 조심성이 많은 사람이라 생각했었는데, 그것을 보면 자신의 아버지는 자신이 모르는 뭔가가 있었다는 생각이 드는 진혁이다.

"오늘 기분도 그런데 술 한잔하죠."

진혁은 문득 힘들다는 생각에 술이 생각났다.

그리고 현재 주변에 자신과 고민을 함께하고 술친구를 해 줄 사람이 없다는 생각에 김용성에게 권한 것이다.

김용성은 그런 최진혁을 보며 안타까운 생각이 들었다.

처음 그를 보았을 때는 갓 군대를 갔다 온 눈이 반짝이는 청년이었다.

또 업무상 자주 만나다 보니 같은 부대는 아니지만, 특전사를 나왔다는 공통점을 알게 되었다.

그 때문에 김용성과 최진혁은 조직의 간부와 두목의 아들이 아닌 전우로서 자주 자리를 같이했다.

비록 나이 차이는 나지만 둘은 무척이나 잘 맞았다.

그래서 두목인 최만수가 죽었다고 했을 때, 용성은 최진혁을 두목의 아들이라서가 아니라 미래를 생각해 새 두목의 자리에 진혁을 추대했다.

요즘이 조선 시대도 아니고 조직을 자식이 이어받는다는 것은 말도 되지 않는 일이었지만, 용성은 그것을 가능하게 만들어 줄 힘이 있었다.

하지만 기존의 조직원들이 많이 상해 있는 상태에서 온전하게 조직을 최진혁이 물려받게 하는 것에는 실패하고 말았다.

그나마 자신이 담당하고 있던 카지노와 청담 일대의 조직원들이 자신을 따르는 이들이 많아 청담동 일대는 최진혁이 두목이 되는 것에 찬성하게 만들었지만, 압구정은 아니었다.

호랑이가 없는 곳에는 여우가 왕이라고 했던가?

최만수가 사라지자 바로 2인자인 박일권이 반발하며 반기를 들었다.

다행이라면 자신이 가진 세력도 많이 전력이 깎였지만, 박일권이 가지고 있는 세력도 많이 축나 있었다.

누군가의 습격을 받아 박일권의 세력권에 있던 간부들이 많이 조직 생활이 못할 정도로 상해 조직을 떠났던 것이다.

그러했기에 압구정과 청담의 세력의 균형이 맞아 충돌이 없었다.

하지만 두 세력은 이미 같은 조직이라고 보기 힘들었다.

이미 상층부에서 생각들이 달랐기에 어쩔 수 없었다.

◆　　◆　　◆

세창과 밤늦게까지 술을 마시고 아침에 일어났다.

늦은 시각까지 술을 마셨지만 역시 눈을 붙여도 신체의

시계는 정확하게 새벽 5시가 되자 깨어났다.

정보사령부 뒷산만큼 맑은 공기는 아니지만 그래도 산 밑에 있는 곳이라 그런지 그런대로 새벽 공기는 맑았다.

우두둑! 우두둑!

자리에서 일어나 고개를 돌리고, 어깨 관절을 풀어 주며 밤새 굳어 있던 관절들을 움직여 스트레칭을 해 주었다.

간단하게 스트레칭을 하면서 남은 잠기운을 털어 낸 성환은 군에서 그랬던 것처럼 일과를 시작했다.

평소 하던 것이라 그저 신분이 군인에서 민간인으로 변한 것 외에는 성환의 일과는 변한 것이 없었다.

기존에 달리던 산길 보다 편한 산이라 한 바퀴 돌아오는 것이 그리 힘들지 않았다.

그 때문에 성환은 평소와 같은 운동량을 소화하기 위해서 3바퀴나 더 돌아야 했다.

산행을 하고 내려온 성환은 집 근처 공터 바위에 가부좌를 틀고 앉았다.

산을 돌며 몸을 움직였으니 이젠 운기행공(運氣行功)을 통해 기를 다스리기 위해 장소를 찾다 보니 집 근처에 적당한 곳을 찾아 그곳에서 운기를 하게 되었다.

높게 솟은 나무들 사이로 아침 햇살이 쏟아지는 명당에,

앉기 편한 큼지막한 바위가 떡하니 자리하고 있었다.

성환이 살펴보니 기가 모이는 그런 장소였다.

물론 많은 기가 머물고 있는 곳은 아니지만, 집 근처에 이런 곳을 찾았다는 것이 성환에게는 행운이었다.

아무리 지금 성환의 경지가 그런 것에 큰 도움을 받고 자시고 할 경지는 한참 지났지만, 그래도 없는 것 보다는 좋지 않겠는가?

그렇게 바위 위에서 운기행공을 한 다음 집으로 돌아와 아침을 해결했다.

홀로 생활하는 것이라 간단하게 샌드위치와 우유로 끝냈다.

아침을 간단히 해결한 성환은 어제 세창과 의논한대로 일단 진성에게 전화를 걸었다.

군대를 그만두긴 했지만 이 프로젝트 자체가 군에서 시작된 것이고, 또 자금을 받았으니 어느 정도 행보를 맞춰야 했다.

자신이 일을 시작하면 세창도 군에서 대대적인 정화 작업을 시작하기로 했다.

그러니 정보사령부 산하 외부 조직의 일원인 진성을 연락관(連絡官)으로 상용하기로 합의를 보았다.

그래서 일단 진성에게 연락을 하는 것이다.

◆　　◆　　◆

오전에 진성과 연락을 하고 약속을 잡았다.

진성도 이미 언질을 받은 것인지 아니면 사전에 준비가 되어 있던 것인지는 모르지만, 성환이 요구한 서울에 소재한 조직들의 조직도를 가지고 약속 장소로 나왔다.

"흠, 이게 서울에 있는 조직들이 모두 나온 자료란 말이지?"

"예, 아주 소소한 조직은 빠졌을 수는 있지만, 조직원이 20명 이상인 조직은 모두 조사되어 있습니다."

"얼마나 정확한 것인가?"

"정확도라면 90% 이상 정확할 것입니다. 이건 경찰청 메인 컴퓨터에서 빼 온 것이니 말입니다."

진성은 자신이 불법을 저지르고 자료를 가져왔음을 스스럼없이 말하고 있었다.

"호? 그런 재주가 있었나?"

"하하하, 물론 제가 빼낸 것은 아니지만, 저희 회사에 그런 재주를 가진 직원이 몇 있습니다."

"그래? 그들도 그곳 소속인가?"

성환은 경찰청에서 정보를 빼내 온 이들이 정보사령부 소속인가 물어본 것이었다.

하지만 진성의 대답은 의외였다.

"아닙니다. 그 애들은 사령부 소속이 아니라 용역 회사 직원입니다. 물론 회사가 사령부 산하란 것을 모르고 그냥 용역 회사로 알고 있습니다."

진성은 자신이 운영하고 있는 용역 회사는 비록 정보사령부 산하의 비밀기관이지만 내부인력은 정보사령부 소속의 군인과 그렇지 않은 일반 용역 회사 직원이 혼재해 있다고 말해 주었다.

"그렇게 하면 비밀이 외부로 샐 위험이 있는데, 그게 가능한가?"

"물론 그런 우려가 없는 것은 아니지만, 어쩔 수 없습니다. 일단 외부에 저희가 군 소속이란 것을 숨기기 위해선 어쩔 수 없이 일반인을 직원으로 받을 수밖에 없습니다. 그리고 대령님도 아시겠지만 군대란 곳이 획일화된 단체이지 않습니까? 하지만 저희가 해야 하는 일의 특성상 그런 획일화된 사고를 가지고는 일을 할 수 없는 곳이라 이렇게라도 해서 생각을 다양화하여 정보를 수집하고 있습니다."

성환은 진성의 이야기를 들어 보니 그럴 듯했다.

정보를 취급하면서 획일화된 사고로는 유용한 정보를 취득하기란 여간 어려운 것이 아니란 생각이 들었다.

열 사람이 있으면 열 가지 생각이 있어야 하지만, 군대는 그러지 못한 곳이다.

군대란 통일된 행동을 해야 하는 곳이라, 생각의 획일화, 행동의 일체화가 이루어져야만 최적화되는 집단이다.

그런 측면에서 보면 정보사령부는 군대에 아주 중요한 위치에 있는 곳이기도 하지만, 그런 군대의 획일된 고정관념과 같은 생각들은 정보 수집에 도움이 되지 않는다.

누가 생각해 낸 것인지는 모르지만 참으로 탁월한 생각을 한 것이라 생각되었다.

비록 비밀 엄수가 중요한 곳인데, 그로 인해 비밀을 지키는 것이 무척이나 힘들 것이지만 또 그것만 보완한다면 아주 유용한 시스템이다.

이런 생각을 하다 문득 자신도 그런 정보 집단이 필요하다는 생각이 들었다.

아무리 자신이 군과 계약을 해 이렇게 군대의 극비 프로젝트의 하나인 삼청 프로젝트를 하게 되었지만 어디까지나 이제 자신의 신분은 군인이 아니다.

즉, 주체는 자신이 되어야지 프로젝트의 주체가 군이 되어서는 안 될 일이다.

만약 주체가 뒤바뀌어 군대에 자신이 끌려가게 된다면 자칫 일이 엉뚱한 방향으로 흐를 소지가 있다.

뿐만 아니라 자신의 의도와 다르게 진행되다 보면 자신이 하고자 하는 일에 방해를 받을 수도 있다.

그러니 프로젝트의 진행을 자신의 의도 아래 진행하려면

자신에게 따로 정보 단체가 필요했다.

자신이 원하는 정보를 가져다줄 그런 곳 말이다.

어차피 진성이나 세창은 비록 자신과 협력을 하고 있지만, 자신과 별개의 조직에 속한 이들이다.

그러니 이번 기회에 따로 자신만의 정보 조직을 가져야겠다는 생각을 하게 되었다.

이런 생각은 일단 뒤로 하고, 진성이 넘긴 자료를 검토했다.

성환은 자료를 검토하면서 이중에서 쓸 만한 옥석을 가려내고 있었다.

자료에는 서울에 산재한 각 조직들의 현황이 그대로 나와 있어 성환이 살펴보기에 편했다.

조직의 구성원이나 그들이 가진 성향 분석은 물론이고, 그들이 벌이는 사업까지 다 나와 있었다.

정말로 경찰청에서 파악하고 있는 조폭들의 동향을 모두 가져온 것 같았다.

◆　　◆　　◆

자료를 살펴보던 성환의 눈에 자신도 잘 아는 조직의 정보가 들어왔다.

그것은 바로 자신의 손으로 그 두목을 처단한 만수파에

관한 정보였다.

　* 만수파.
　두목 : 초대 최만수(死).
　　　　2대 최진혁(1대 두목의 장남).
　구역 : 압구정, 청담동.
　특이사항 : 초대 두목의 심장마비로 인한 돌연사로 조직이
혼란스러운 상태, 두목 최만수의 장남인 최진혁이 나서서 조
직을 수습했으나, 아직까지 기존 세력들을 모두 규합하지 못
한 상태임. 특히 압구정을 책임지던 박일권이 주축이 된 일권
파가 최진혁에게 반발하고 있음. 조직의 3인자인 김용성을 전
무로 기용하면서 박일권의 압력에 맞서고 있으나 조만간 갈라
설 것으로 사료됨. 2대 두목인 최진혁이나 전무 김용성이 특
전사 출신으로 결단력이 대단함. 주의 요망⋯⋯.

　만수파에 관한 정보를 주의 깊게 본 성환은 어쩌면 자신
의 고민이 해결될 기미가 보였다.
　어떻게 그들의 세계로 들어갈 것인지 고민을 했었는데,
우연히 만수파 내부의 정보를 보니 그 틈이 보였다.
　비록 최진혁의 아버지인 최만수를 자신의 손으로 죽인
것이 좀 꺼려지긴 하지만, 그자는 죽을죄를 지었으니 죽은
것이다.

어쩌면 자신에게 반발을 할지도 모른다.

그렇다면 자신은 어떻게 할 것인지 눈을 감고 생각해 보았다.

그리고 내린 결론은 어차피 조폭이니 그대로 대우해 주면 된다는 결론을 얻었다.

다른 사람의 인권을 무시하고 그만큼 누렸으면, 그에 합당한 대우를 해 주면 되는 것이다.

군에서 배운 것들을 이용해 자신의 사리사욕을 챙겼으니, 만약 자신이 하려는 일에 반발을 한다면 그만한 대우를 해 주기로 결정했다.

자신을 따르면 그에 합당한 대우를 하고, 반발을 한다면 쳐 내면 되는 것이다.

결정을 하고 나자 더 이상 자료를 볼 필요성을 느끼지 못했다.

확실히 이전 진성이 만수파에 관해 자료를 조사한 것 보다는 보다 조직에 관해 직관적으로 알 수 있게 꾸며진 것이 달랐다.

아무리 군에서 배웠다고 하지만, 경찰들이 하는 작업과는 필요한 정보의 가치들이 다르니 정확도가 다를 수밖에 없었다.

보던 자료들을 내려놓고 수화기를 들다 진성을 보며 말을 하였다.

"참! 그러고 보니 여기 만수파의 김용성 전무라는 자와 비슷한 시기에 같은 부대에 있었더군?"

성환이 진성을 보며 용성에 대한 말을 물어 오자 진성은 표정이 굳어졌다.

"예, 제 선임이었습니다."

진성은 자신이 자대에 있을 때, 김용성과의 관계에 대하여 설명을 했다.

김용성이 사고를 치고 전역을 하기 전 진성은 자대 배치를 받은 지 몇 달 되지 않은 신참이었다.

사수였던 김용성 중사는 교육을 마치고 동기들과 휴가를 나갔다 그만 사고를 치고 말았다.

당시 그 사건 때문에 특전사 내부에 군기 교육에 관한 지시가 내려오긴 했지만, 깡패들과 싸운 것이기 때문에 내부에서는 솔직히 유야무야 넘어간 일이었다.

다만 일부 국회의원들이 나서서 당시 국정 감사 때 그 일을 민간인과 군인의 패싸움으로 몰고 가며 일을 크게 벌렸다.

그 일로 김용성과 당시 싸움을 벌였던 부사관들이 모두 전역을 하게 되었다.

이런 이야기를 들은 성환은 다시 진성에게 물었다.

"그들과 연락은 하고 있나?"

"예, 가끔 연락은 하고 있습니다."

"연락을 한단 말이지? 음……. 자네도 최 중령에게 이 야기는 어느 정도 들었지?"

"예, 극비 프로젝트가 진행이 될 것이란 말을 들었습니다. 그리고 대령님께 적극 협조를 하라는 말도 들었습니다."

진성은 성환의 말에 자신이 최세창에게 들었던 이야기를 그대로 들려주었다.

최세창은 진성에게 성환과의 연락책으로 활용될 것이란 지시와 함께, 성환이 필요로 하는 것을 적극 구해 주라는 당부를 들었다.

말이 당부지 그건 명령이나 다름없는 소리였다.

"그럼 여기 만수파의 김용성을 좀 만나게 해 줘."

"알겠습니다. 조속한 시일에 약속을 잡겠습니다."

"아니, 시간 끌 거 있나? 오늘 저녁에 약속을 잡도록 하지."

성환은 진성의 말을 중간에 자르고 말했다.

이미 자료를 검토한 뒤 성환은 김용성을 만나 기울어져 가는 만수파를 이용하기로 결심을 했다.

그래서 일단 만수파 간부로 있는 용성을 만나 자신의 생각을 타진할 생각이다.

시간을 오래 끌어 봐야 자료에서 보듯 만수파가 쪼개져 작아지는 일밖에 없다.

그렇게 된다면 자신은 일을 하는 데 있어서 더 돌아가야 하기 때문이기도 했다.

아직 만수파가 갈라지기 전 한 번에 만수파를 장악하고, 그것을 기반으로 무주공산인 강남을 평정해 서울을 가르고 있는 암흑가의 한 축을 단숨에 장악하려는 계획을 세웠다.

즉흥적으로 계획한 것이긴 하지만 현재 가장 좋은 계획이었다.

물론 김용성과 어떻게 이야기가 될지는 모르지만, 계획대로 진행된다면 자신은 뒤로 빠지고, 강남은 만수파의 이름으로만 통일이 될 것이다.

그리고 자신은 뒤에서 그들을 이용해 주변을 하나 둘씩 잠식해 나가면 된다.

"알겠습니다. 연락해 보겠습니다."

진성은 자신의 상관인 최세창 중령이 적극 협조하라는 지시를 했기에 성환의 말에 다른 대꾸 없이 대답을 하였다.

그리고 잠시 자리를 뜨고 전화를 하러 갔다.

◆　　◆　　◆

2월이라 그런지 7시뿐이 되지 않았지만 밖은 무척이나 춥고 어두웠다.

뿐만 아니라 많은 눈이 내리고 있어 더욱 춥게 느껴지는 밤이다.

일기예보에서 예측한 눈의 양보다 더욱 많은 눈이 내려 시민들의 퇴근길을 더욱 더디게 하고 있었다.

지금 뉴스에서는 연일 기록적인 폭설이 내리고 있다고 떠들고 있지만, 샹그릴라 호텔은 많은 손님으로 북적였다.

카지노 손님도 있긴 했지만, 때 아닌 눈으로 호텔을 찾는 숙박 인원이나 아니면 추운 밖에서 약속을 잡지 않고 따뜻한 호텔 로비를 찾아 들어와서 더욱 북적였다.

성환은 호텔 로비 창가 자리에서 눈이 내리는 창밖을 보며 차를 한 모금 머금었다.

북한에 다녀온 뒤로 성환은 전통차를 마시게 되었다.

전통차를 마시면서 눈 내리는 창밖을 보고 있노라면 모든 시름이 다 사라지는 듯, 여유가 있었다.

겉모습은 이제 겨우 20대 초중반으로 밖에 보이지 않는 성환이 전통차를 마시며 노년의 노인처럼 창밖을 보며 사색에 잠긴 모습은 조금은 이상하게 보였지만, 그래도 외적으로 미남인 젊은 남자란 것이 호텔 로비를 지나는 여성들에게는 가산 요인으로 작용했다.

여성들의 시선이 한 번은 성환을 보고 지나갔지만, 성환은 그런 것을 상관하지 않고, 그저 창밖만 보고 있었다.

그리고 그런 성환의 앞자리에는 진성이 자리를 하며 앉아 있었다.

테이프 위에는 커피가 놓여 있었는데, 잔 속에 있는 커피는 어느새 온기가 날아가고 차갑게 식어 있었다.

진성은 급하게 약속을 잡는 바람에 잠시 호텔 로비에서 기다리게 되었다.

김용성이 비록 조폭이기는 하지만, 그래도 명색이 샹그릴라 호텔의 전무.

그렇기 때문에 그가 처리해야 할 일이 있기에 조금 늦은 저녁 시간에 약속을 잡았다.

시계가 7시 20분을 가리키자 한 남자가 성환이 있는 테이블에 접근을 했다.

진성은 누군가 테이블로 다가오자 고개를 돌렸다.

비록 현역에서 벗어나 사회에서 신분을 숨기고 정보를 모으는 일을 하고 있지만, 이렇게 누군가 다가오는 것을 느끼지 못할 정도로 감이 떨어진 것은 아니기에 다가오는 사람이 있자 고개를 돌려 쳐다보았다.

그리고 다가오는 사람이 자신이 기다리던 사람임을 알고 자리에서 일어났다.

"어서 오십시오."

"오랜만이네?"

"예, 여기 인사하십시오."

진성은 한때 사수였던 용성이 다가오자 인사를 하고 성환을 가리켰다.

용성은 간만에 특전사 시절 후임이 연락을 하자 기쁜 마음에 약속을 잡았다.

들려오는 소문에는 군대를 전역하고 용역 회사를 차렸다고 하던데, 요즘 경기에 잘 살고 있는지 궁금하기도 했다.

자신이야 비록 불미스런 일로 중간에 전역을 하긴 했지만, 다 가르치지 못한 후임이 걱정이 되기도 했었다.

그런데 군 생활 잘하고 전역을 했다는 소식을 들어 안도했다.

다만 자신이 이제는 조폭이 되어 떳떳한 신분이 아니라 찾아가지 못하는데, 이렇게 연락을 주니 무척이나 반가웠다.

그래서 약속 장소로 가벼운 마음으로 나갔는데, 후임이 어떤 젊은 청년과 함께 있는 것이 아닌가.

회사 직원과 함께 온 것인가, 하는 생각도 들었지만 설마 그 인물이 자신이 피하고자 했던 성환이라고는 생각지 못했다.

그 때문에 용성은 그만 그 자리에서 동상 마냥 굳어 버렸다.

성환은 창밖을 보고 있다 진성의 말을 듣고 고개를 돌

렸다.

누군가 자신의 주변으로 다가오는 것은 진즉 알고 있었지만, 별다른 위협을 느끼지 못했기에 그냥 눈 오는 것을 보고 있었다.

그런데 다가온 사람이 자신이 기다리던 사람이란 소리가 들리자 고개를 돌린 것이다.

성환은 자신을 보고 굳어 있는 용성을 보며 말을 하였다.

"왔으면 앉아라."

낮고 굵은 성환의 목소리에는 용성으로서는 감히 거절할 수 없는 위엄이 묻어 있었다.

용성은 성환의 말에 얼른 진성의 옆자리에 앉았다.

"오랜만이지?"

"예, 오랜만에 뵙습니다."

성환의 오랜만이란 말에 잔뜩 주눅이 든 목소리로 대답을 했다.

용성의 부하들이 이 모습을 봤다면 자신의 눈을 의심할 정도로 참으로 생경한 모습이 연출되고 있었다.

키는 180이 넘어 보이는 큰 덩치의 정장을 입은 남자가, 그렇게 작은 키는 아니지만 용성에 비해 말라 왜소해 보이는 젊은 청년에서 주눅이 되어 있는 모습은 참으로 신기한 모습이었다.

그 때문인지 이 생경한 모습에 주변에 있는 테이블에서 힐긋힐긋 성환의 테이블을 훔쳐보기도 했다.

물론 그것이 그 장면이 신기하기도 하지만, 성환의 외모와 분위기가 일반 사람과 달라 평범하게 보이지 않게 하기 때문인 듯했다.

하지만 그런 주변의 관심과는 다르게 성환은 별다른 말 없이 잠시 용성을 쳐다보았다.

그런 성환의 시선이 용성은 답답하게 느껴졌다.

아무래도 켕기는 것이 있다 보니 성환의 시선이 자신을 나무라고 있는 것 같았기 때문이다.

김용성은 작년 최만수의 차남인 최종혁이 벌였던 일을 잘 알고 있었다.

또 M&S엔터테인먼트의 최신규 사장의 부탁으로 성환을 습격하라는 지시를 내린 것은 다른 누구도 아닌 자신이었다.

그렇기 때문에 잔뜩 얼어 있는 상태였다.

얼어 있는 용성을 보다 성환이 조용히 말을 꺼냈다.

"어디 조용히 이야기할 곳 없나?"

"제가 안내하겠습니다."

용성은 성환의 말에 얼른 자리에서 일어나 앞장을 섰다. 자신의 사무실로 성환을 데려가려는 것이다.

그곳만큼 조용히 이야기를 할 만한 곳은 없을 것이란 생각 때문이다.

◆　　◆　　◆

용성의 사무실은 호텔 이사의 사무실 치고는 무척이나
수수해 보였다.

보통 조폭 출신들은 자신들의 출신에 대한 콤플렉스로
자신을 요란하게 꾸미는 것을 좋아한다.

그 예로 전 만수파 두목인 최만수의 사무실은 각종 장식
이 사무실 안 가득했다.

자격지심 때문인지 최만수는 비싸다고 하는 것은 죄다
모아서 자신의 사무실을 꾸미고, 그것을 부하들에게 보여
주는 것을 좋아했다.

하지만 용성은 그와 반대로 별다른 장식을 하지 않았다.

간단히 필요한 집기 외에는 사무실에 찾아보기 힘들었
다.

호텔 전무의 사무실이라고 보기 힘들 정도로 조금은 삭
막한 분위기지만 이야기를 하는데 지장을 줄 정도는 아니
었다.

"앉으시지요."

용성이 자신의 사무실에 들어와 쇼파를 가리키며 앉기를
권하자 성환과 진성은 용성이 가리킨 쇼파에 앉았다.

"차는 어떤 것으로 하시겠습니까?"

"아니, 난 됐다."

"저도 괜찮습니다."

"음."

괜찮다는 말에 용성은 작게 신음성을 하고는 자신도 쇼파에 앉았다.

자신의 앞에 앉은 용성이 아까부터 긴장하고 있는 것을 느끼면서도 성환은 용성의 얼굴을 빤히 쳐다보았다.

그런 성환의 시선에 용성은 더욱 긴장하고 등에 식은땀이 나기 시작했다.

그러거나 말거나 성환은 잠시 뜸을 들이다 자신의 용건을 꺼냈다.

"……네가 어떤 일을 하고 있는지 알고 있다."

조금은 고압적인 말투였지만 긴장하고 있는 용성은 지금 정신을 차릴 수가 없었다.

"네가 속한 조직이 나와 어떤 관계에 있는지는 너도 잘 알 것이다."

"예."

작게 대답하는 용성을 보며 성환은 계속해서 자신의 할 말을 이어 갔다.

"작년에 내게 일어난 일만 아니라면 난 평생 군에 있었을 것이다."

성환이 한마디, 한마디 할 때마다 용성은 가슴은 크게 두근거렸다.

"네가 아는지는 모르겠지만 네 두목인 최만수도 내 손에 죽었다."

용성은 성환이 자신의 손으로 최만수를 죽였다는 소리를 직접 할 줄은 몰랐다.

그리고 그건 옆자리에 있던 진성도 마찬가지였다

"내 누님을 죽이자는 모임에 함께하면서도, 그것을 막지 않은 잘못이 있어 내 손으로 끝냈다. 물론 적극 가담하지 않은 것을 감안해 고통을 없었을 것이다. 만약 그가 일에 이진원이라는 자와 같이 적극 가담을 했다면 아마 그리 편한 죽음을 받지는 못했을 것이다."

누군가를 죽였다는 말을 담담히 하는 성환을 보며 진성은 물론이고, 용성은 아까와는 또 다른 두려움이 밀려왔다.

이는 그동안 성환의 옆에서 돕던 진성도 마찬가지였다.

솔직히 최세창의 지시로 성환에게 정보를 물어다 주면서 진성은 성환에 대해서도 관찰을 했었다.

그래야만 정확한 정보를 상황에 맞게 보고를 할 수 있기 때문이다.

하지만 성환이 최만수를 죽이는 것은 진성도 알지 못했다.

다만 성환이 진원파에 쳐들어갔다는 것만 알고 있을 따름이었다.

진원파에 쳐들어갔고, 그 다음 날 뉴스에 진원 빌딩 내부에서 큰 싸움의 흔적을 발견하고 조직 간의 전쟁이 벌어졌다는 뉴스를 접한 후에야, 성환이 진원파를 괴멸시키고 진원파의 두목이 심장마비로 사망한 사고가 그와 어떤 연관이 있을 것이라고만 상상했을 뿐이다.

그런데 지금 최만수의 죽음도 성환이 했다는 것에 놀랐다.

어떻게 사람을 죽이는 데 그것이 자연사처럼 포장이 되는지도 의문이었다.

성환은 두 사람이 놀라거나 말거나 자신의 할 말만 계속했다.

◆　　◆　　◆

언제 불려 왔는지 만수파의 2대 두목이 된 최진혁 자리에 불려 왔다.

성환과 김용성이 이야기를 하고 있는 곳으로 최진혁이 찾아와 자리를 함께 하게 되었다.

"그렇게 한다면…… 교관님은 어떤 이득이 있는 것입니까?"

진혁은 성환을 마땅히 부를 호칭이 없어 특전사 시절 성환을 부르던 호칭인 교관이란 호칭을 상용해 불렀다.

"난 앞으로 대한민국의 밤을 지배할 것이다."

"헉!"

"그게 가능하겠습니까?"

"……"

질문에 답을 한 성환 그리고 그 답변을 들은 진혁과 용성은 깜짝 놀랐다.

그리고 성환과 함께 온 진성은 별말 하지 않았다.

하지만 속으로는 그 누구보다 놀라고 있었다.

진성이 놀란 것은 성환은 이미 군에서 전설을 쓴 사람.

그런 그가 무엇 때문에 보장된 군인의 길을 벗어나 사회에 나온 것인지 의문을 가졌었다.

겉으로는 조카의 일 때문에 예편을 한 것으로 알려졌지만 진성은 믿지 않았다.

그러기에는 너무나 잃는 것이 많았기 때문이다.

솔직히 최연소 장성(將星)이 유력시 되던 사람이 바로 성환이다.

만약 그렇게 된다면 유일한 가족인 수진에 대한 경호는 지금과는 다른 엄청난 수준으로 올라갈 것이 분명했다.

그런데 그런 것을 알면서도 전역을 했다는 것은 뭔가 있다고 생각했다.

그것이 최세창 중령이 자신에게 성환을 도우라는 말을 한 것과 연관이 있을 것이란 짐작을 했다.

뭔가 비밀 작전을 하기 위해 겉으로 전역한 것처럼 위장을 한 것이라고만 생각했는데, 지금 성환이 하는 이야기를 들으니 그것도 아닌 것 같았다.

진성이 생각하기에 대한민국의 밤을 지배하겠다는 말은 너무도 황당한 말이었다.

지금까지 군인으로 그것도 특수부대 무술 교관으로만 있던 사람이 느닷없이 암흑가를 지배한다는 것은 영화나 소설에나 나올 법한 이야기였다.

비록 최세창 중령의 지시가 있기에 간단한 작전으로 인식했는데 아무래도 아닌 것 같았다.

이 때문에 진성은 최세창에게 어느 정도 작전에 관해 들어야 할 것 같은 생각이 들었다.

'이거 단순하게 생각할 일이 아닌 것 같은데…… 아무래도 중령님이 내게 말하지 않은 부분이 있는 것 같다.'

다른 사람들이 놀라든 말든 성환은 자신의 계획을 들려주었다.

"용성에게 말했던 것처럼 난 일단 서울을 4~6개 정도의 조직으로 지역을 나눌 생각이다. 그리고 그 구역을 경계로 다른 조직과의 분쟁을 용서하지 않을 것이다."

"서울은 지금도 세 곳의 대조직과 세 곳의 중간급 조직, 그리고 그보다 작은 다섯 곳의 소규모 조직이 분할하고 있습니다. 그런데 그것을 어떻게 4~6곳으로 통합을 한다는 말씀이십니까?"

젊은 진혁보다는 그래도 오랜 기간 조폭 생활을 해서 그런지 용성이 먼저 성환의 계획에 대한 자세한 내용을 물었다.

솔직히 현재 만수파에서 진혁이 비록 두목으로 앉아 있긴 하지만, 실질적으로 진혁 보다는 용성의 영향력이 강했다.

물론 그건 진혁 또한 잘 알고 있었다.

그리고 자신이 아직은 용성보다 부족하다는 것도 잘 알기에 이런 면에서 용성에게 많이 의지하고 있었다.

"그건 찬찬이 진행할 것이다. 일단 너희가 내 제안을 받아들여 내 밑으로 들어오면, 기존의 지역과 진원파가 가지고 있던 강남까지 너희가 지배할 수 있을 것이다. 하지만 거부한다면 난 다른 자에게 이와 똑같은 제안을 할 것이다."

성환은 용성과 진혁을 보면 제안했다.

자신의 밑으로 들어올 것인지 아니면 거절할 것인지…….

성환의 말을 듣고 있던 진혁과 용성은 갑작스런 제안에 당황했다.

특히 진혁은 더욱 그러했다.

이 자리에 중간에 끼어들어 성환에게 직접적으로 자신의 아버지가 죽었다는 말은 듣지 않았지만, 이미 듣지 않아도 짐작하고 있는 일이었다.

그러니 자신의 아버지를 죽인 사람의 밑으로 들어갈 것인지 아닌지도 고민이었고, 그의 제안을 거절했을 때, 어떤 결과가 자신에게 닥칠 것인지도 걱정이 되었다.

지금 하는 이야기를 들어 보면 제안을 거절했을 경우 좋은 결과가 있을 것이라고는 생각지 않았다.

"언제까지 대답을 해야 하는 것입니까?"

"많은 시간을 주진 못한다. 앞으로 할 계획이 모두 세워졌다. 1시간의 생각할 시간을 주겠다."

성환은 진혁의 눈을 보며 아무런 감정도 없이 제시했다.

그런 성환의 말에 진혁이나 용성은 이미 성환이 결심을 하고 왔다는 생각을 했다.

이미 자신들에게는 선택의 여지가 없었다.

살고 싶으면 성환의 밑으로 들어가야만 한다는 사실을 통보받은 것뿐이었다.

거절은 곧 파멸이라는 것이 불을 보듯 빤히 보였다.

'여기서 이렇게 끝날 순 없어, 저렇게까지 말하는데, 거절했다가는 정말로 죽을지도 몰라.'

진혁은 아버지와 조직, 그리고 자신의 미래에 대한 두려움 등 심적으로 많은 갈등을 하고 있었다.

그렇지만 이미 결과를 알고 있는 문제였다.

그러다 보니 결단을 내리는 것이 이번에는 용성보다는 진혁이 좀 더 빨랐다.

아무래도 자리가 사람을 만든다고 했던가?

조금은 용성에게 의지를 하던 진혁이 용성과 의논을 하지 않고 바로 자라에서 답변을 했다.

"알겠습니다. 교관님 밑으로 들어가겠습니다. 하지만 현재 저희 조직은 분열 상태입니다. 겉으로야 어떻게 보일지 모르지만 압구정의 박일권을 비롯한 간부들이 제게 반발을 하고 있습니다."

"그건 이미 알고 있다. 어찌 되었든 이곳의 보스는 너다. 그래서 일단 네게 먼저 제안을 한 것이다."

모든 상황을 알고 있는 성환의 말에 다시 한 번 놀랐다.

어디서 그런 정보를 가지고 오는 것인지 진혁이나 용성은 생각을 하다 고개를 돌려 옆자리에 있는 진성을 돌아보았다.

자신을 쳐다보는 두 사람을 보며 진성은 고개를 살짝 끄덕여 주었다.

진성의 그런 표시에 진혁이나 용성은 아무래도 성환이 벌써 어느 정도 규모의 조직을 가지고 있는 것으로 판단을 하게 되었다.

진혁은 성환의 제안을 받아들인 것을 다행이라 생각하게 되었다.

비록 그것이 오해이기는 하지만 어찌 되었든 성환은 한 때 악연을 맺은 조직이나, 만수파를 자신의 밑으로 복속시켰다.

물론 앞으로 갈 길이 멀긴 했지만 성환이 밤의 세계로 첫발을 들이는 순간이었다.

◈　　◈　　◈

진혁이 성환의 제안을 받아들이고 있을 때, 압구정의 한 사무실에선 김한수 의원의 보좌관인 김동한이 누군가를 만나고 있었다.

그가 만나는 사람은 전 만수파 두목이었던 최만수를 보좌해 만수파를 지금의 위치에 올려놓은 인물이었다.

박일권 그는 김용성이 들어오기 전까지만 해도 만수파에서 두목인 최만수를 보좌해 압구정과 청담동에 자리를 잡는 데 지대한 힘을 발휘했던 남자다.

그랬기에 당시 두목이던 최만수는 2인자인 박일권의 공로를 인정하는 한편 혹시라도 자신의 자리에 위협이 될까, 압구정을 구역을 주며 떨어뜨려 놓은 것이기도 했다.

즉, 핵심에서 변방으로 좌천 아닌 좌천을 당한 것이기도 했다.

더욱이 당시 최만수에게 김용성이라는 인재가 들어와 굳이 자신의 자리를 위협하는 박일권을 곁에 둘 필요성이 없기 때문이었다.

그때부터였다.

박일권은 자신이 피땀 흘려 키운 조직의 중심에서 밀려나면서 듣도 보도 못한 신참을 자신의 자리에 떡 하니 앉힌 이후부터 이날을 기다렸다.

만약 최만수의 뒤에 김한수 의원이 있지 않았다면 진즉 판을 엎었을지도 몰랐다.

그런데 최만수의 갑작스런 죽음에 조직이 붕 떠 버렸다.

밑의 동생들이 부추기기도 했지만 자신도 이때를 기다려 왔기에 조직을 장악하기 위해 나서려 했다.

하지만 배운 놈들이라 다른지 최만수의 장남인 최진혁이 외국에서 돌아와 청담의 조직들을 수습해 자신에게 대항했다.

그리고 세가 약한 최진혁을 김용성이 보좌하면서 자신이 장악한 압구정 조직과 대립을 하기 시작했다.

물론 억지로 밀고 들어갔다면 세력이 큰 자신이 이길 수 있었지만, 그 뒤 남는 것이 없었다.

아니, 오히려 그렇게 했다가는 주변의 다른 조직들에게 자신의 구역은 물론이고, 청담동까지 내줄 수도 있었다.

그렇게 된다면 젊은 날 자신이 피땀 흘린 노력이 모두 허공에 날리는 바보 같은 짓이라 포기했다.

그런데 오늘 자신에게 기회가 찾아왔다.

분명 어제 최진혁이 김한수 의원을 찾아갔다고 했는데, 무슨 일인지 그의 보좌관이 자신을 찾아와 제안을 하는 것이 아닌가?

"정말 의원님께서 그리 말씀했다는 것이 사실이오?"

"그렇습니다. 예전 최만수 사장이 하던 일을 박 사장님이 이어받기를 원하고 계십니다."

"최진혁은……."

"아, 어제 최진혁 사장이 의원님을 찾아오긴 했는데, 의원님께서 그가 너무 젊어 아직 일에 대해 믿음이 가지 않는다고 하셨습니다."

혹시나 김한수 의원 쪽에서 자신을 가지고 저울질 하는 것은 아닌지 가늠하기 위해 말을 하였는데, 아마도 어제 최진혁이 무슨 실수를 한 것 같았다.

정치를 하는 인간을 상대할 때는 언제나 그자의 기분을 맞춰 주어야 하는데, 아직 젊어 실수를 한 것이리라.

그 바람에 자신에게 기회가 왔으니 오히려 고마워해야 할 판이다.

"알겠습니다. 의원님께서 날 그리 신경을 써 주시는데, 기대에 보답을 해야겠지요."

두 사람은 서로 이야기가 잘 되는 것인지 머리를 맞대고 앞으로의 일을 의논했다.

이렇게 만수파의 2대 두목인 최진혁을 밀어내고 그 자리를 차지하기 위한 음모가 또 다른 곳에서 꾸며지고 있었다.

〈『코리아갓파더』 제4권에서 계속〉

Korea Godfather
코리아 갓파더

1판 1쇄 찍음 2013년 11월 8일
1판 1쇄 펴냄 2013년 11월 13일

지은이 | 정사부
펴낸이 | 정 필
펴낸곳 | 도서출판 뿔미디어

편집장 | 이재권
기획·편집 | 윤영상
편집디자인 | 이진선

출판등록 | 2002년 9월 11일 (제1081-1-132호)
주소 | 부천시 원미구 상3동 533-3 아트프라자 503호 (우)420-861
전화 | (032)651-6513 / 팩스 (032)651-6094
E-mail | bbulmedia@hanmail.net

값 8,000원

ISBN 978-89-6775-934-6 04810
ISBN 978-89-6775-518-8 04810 (세트)

※파본은 구입하신 서점에서 교환하여 드립니다.

BBULMEDIA